MIQUEL DARNÉS

Tres contra Déu
Dietari d'una ocupació

Llibres de l'Índex

Tres contra déu

Primera edició: octubre del 2017

© Miquel Darnés
© d'aquesta edició: Ediciones de La Tempestad SL, 2016
© Il·lustració de coberta: Maria Luque
Llibres de l'Índex®
carrer Pujades, 6 - Local 2
08005 Barcelona
Tel: 932 250 439
E-mail: info@llibresindex.com
www.llibresindex.com

ISBN: 978-84-946793-0-8
Dipòsit legal: B-24.695-2017
Imprès a Catalunya

Sumari

Pròleg

ERA UNA TARDA de mitjan gener quan vaig entrar al despatx del director del *News Chronicle* a Londres, amb una barreja d'impaciència i il·lusió. Feia temps que esperava una oportunitat com aquella, i no la volia desaprofitar —al *News* ja hi havia fet algunes col·laboracions puntuals, però ara era diferent.

Em va rebre assegut rere una taula plena de papers, que em va semblar la quinta essència del desordre. Estava parlant per telèfon i, amb un gest enèrgic, em va fer seure davant seu. En penjar, em va mirar fixament i va esbossar un somriure irònic, de gat vell que mira els qui comencen amb una condescendència gairebé insultant.

—I doncs, noi, te'n vols anar a Espanya a cobrir els últims dies de la Barcelona republicana? Ja saps que te la jugues? He fet plegar en Forrest perquè, amb el seu historial de cròniques abrandades a favor dels republicans i la seva militància comunista, si els franquistes l'enxampen no ho explica, mai més ben dit —Es va riure la gràcia, va encendre un cigarret sense convidar-me i va continuar—: M'han dit que tu també ho ets, de comunista? —La pregunta va sonar amenaçadora.

—Bé, en realitat jo sóc trotskista —vaig dir.

—Ah, sí? Doncs així no has de patir, perquè els trotskistes del POUM eren aliats de Franco, no? Ha, ha..., perdona, faig broma. —Em va mirar com si s'hagués adonat que s'havia excedit en recordar-me la falsedat que va significar la fi del POUM (Partit Obrer d'Unificació Marxista)—. De fet, això ho deien els republicans; quan entrin els rebels ho tindràs magre, si encara ets allà.

—Miri, potser no ho sembla, però ja tinc vint-i-sis anys, he voltat una mica i em sé cuidar, no pateixi. A més, la meva mare és mexicana i això em dóna un cert avantatge amb l'idioma. Si vostè confia en mi, penso escriure cròniques que estiguin a l'alçada de les d'en Forrest —vaig reblar amb fermesa.

—Sí, molt bé, però ja saps que un periodista mort no n'escriu cap, de crònica —va dir mentre semblava que rumiés la continuació de la frase—. Però va, endavant. En tens ganes i sembla que tinguis empenta, però no oblidis una cosa —va dir mentre se li accentuava la cara d'au rapinyaire—, fes una bona crònica del darrer dia de la Barcelona republicana i de l'entrada dels franquistes, te la pagarem bé, però torna immediatament.

Al *News* no volem màrtirs. Pensa que, per als franquistes, tu és igual de comunista que en Forest. Oi que m'entens?

—Sí, sí, que l'entenc —vaig deixar anar de mala gana.

Va agafar el telèfon i va donar instruccions perquè em facilitessin un carnet, algunes adreces i uns quants diners com a avançament. No li va fer gens de gràcia que el comptable del diari li digués que ja me n'havia donat uns quants, per ordre seva. Abans d'anar a veure el director, al bon home —que ja el coneixia— li vaig fer creure que ja havia tancat el tracte amb el director. Volia anar a Espanya, amb diari o sense, i necessitava diners.

Vaig sortir de la redacció amb una sensació estranya. D'una banda, pensava que no moriria a Barcelona, però, de l'altra, tenia el pressentiment que la meva estada a la ciutat em marcaria profundament per sempre més.

Ara, amable lector, li explicaré com va anar tot plegat.

Capítol 1
•••

26 DE GENER
La caiguda de Barcelona

ERA A LA platea del Royal Albert Hall amb la meva estimada Vanessa veient una òpera, quan, de sobte, sense voler, vaig donar un cop amb la cama a la cadira del davant, on hi havia asseguda una dona guarnida com un arbre de Nadal. El cop va ser tan fort que li va fer saltar les arracades de brillants. El seu acompanyant, lleig com una mala cosa, lluïa una costura que li travessava la cara. Semblava el rostre de Satanàs solcat per la cicatriu d'un llamp. Es va girar violentament per dir-me que anés amb compte, perquè, si no, em liquidaria. Li vaig contestar que allò era feixisme pur. De sobte, es va treure una pistolassa i em va apuntar entre cella i cella. Quan va fer la intenció de prémer el gallet, vaig sortir corrent com vaig poder, saltant per sobre de les cadires, amb el conseqüent rebombori. La Vanessa em va seguir. Mentrestant, els cantants continuaven com aquell qui res.

Quan no sabia cap on tirar, un empleat molt prim m'agafa pel braç i fa que el segueixi cap a un lloc que em sembla el no-res. De cop i volta, com per art de màgia, entrem tots tres en una estança on hi ha una gran taula rodona plena de gent asseguda al voltant. Homes i dones. Les dones, d'una sensualitat exuberant, extraordinària. Els homes, amb uns vestits i uns posats que delaten fortunes immenses. Al mig de tots n'hi ha un que sembla el president. Porta un vestit gris fosc amb un clavell vermell a la solapa i un llacet. Llueix una barba blanca espectacular. Els plats que hi ha sobre la taula són d'unes menges mai vistes, sorprenentment exòtiques, però que només de mirar-les farien venir salivera a un cec. Les dones m'agafen i comencen a grapejar-me sense cap mania. Fan córrer les mans pel meu cos amb una celeritat i una destresa dignes d'elogi. A la meva estimada, els homes també la magregen amb delit. Ella s'ho deixa fer amb naturalitat. Un de jove, que porta una falç i un martell tatuats al coll, se l'emporta cap una mena de reservat que hi ha al fons de la sala. Hi ha un sofà de color negre, i unes cortines de vellut vermell hi afegeixen discreció. L'home la despulla com si res. La penetra ràpidament. Des del meu lloc, tot i la penombra, endevino els moviments compulsius de la pelvis, que duren una bona estona.

S'acaba el somni.

Em vaig despertar trasbalsat, amarat de suor. Vaig estar a punt d'aixecar-me per anar a beure un got d'aigua a la cuina per apaivagar una mica la ressaca, quan vaig sentir veus a fora de l'habitació. No ho vaig fer perquè no volia trobar-me ningú i haver de donar explicacions. Encara era negra nit.

M'estava en una pensió modesta de l'Eixample, a la part nova de Barcelona. No era gran cosa pel que fa a la comoditat, però era molt cèntrica i força econòmica. Tenia molt a prop l'Hotel Continental, on anava a enviar les cròniques a través del teletip. A peu trigava uns deu minuts. Havia de travessar pel mig de la plaça Catalunya, considerada el centre de la ciutat; després, baixar uns quants metres per l'esquerra de la Rambla, l'artèria més famosa de Barcelona, i ja hi era.

Vaig continuar sentint veus durant una estona, i fins i tot anades i vingudes que no em van semblar normals, però la son va poder més. Aquell vespre, els pocs corresponsals que encara quedàvem havíem estat bevent a l'hotel fins tard. En vaig agafar una de bona. M'hi vaig tornar a tombar i vaig pensar que l'endemà seria un altre dia.

No anava errat. L'endemà va ser un dia molt diferent i difícil d'oblidar. Per començar, em vaig llevar força més tard que de costum i amb un mal de cap considerable pels excessos alcohòlics. Només de posar els peus a fora de l'habitació, vaig ensumar que alguna cosa no anava bé. El silenci era, si més no, inquietant. Cap soroll de la minyona feinejant a la cuina; ni rastre de la veu aguda de la senyora Assumpta, la dispesera, donant ordres a tort i a dret; cap més hoste assegut al menjador... Tot plegat em va intrigar força perquè, que jo sabés, no havia sonat la sirena que alertava dels atacs aeris, la qual cosa hauria explicat el desert en què s'havia convertit la pensió. Els dies anteriors la ciutat havia estat bombardejada insistentment i tothom corria cap als refugis antiaeris al més mínim senyal de perill. La darrera crònica que havia enviat explicava com el dia 21 bombarders de la legió Còndor alemanya havien escollit el port de Barcelona com a principal depositari de la càrrega mortífera que transportaven. Els pocs caces republicans de fabricació soviètica no van poder fer gaire res per evitar la destrucció d'una part important de les instal·lacions portuàries. Però aquest cop no semblava que el motiu de la desbandada hagués estat un bombardeig.

Vaig entrar a la cuina a veure si arreplegava alguna cosa per esmorzar, i estava més buida que les esglésies de Moscou després de la revolució bolxevic. Vaig obrir tots els armaris, vaig buscar per tots els racons i no vaig aconseguir ni un trist tros de pa. Tot net. De sobte vaig tenir companyia. Acabava d'entrar el gat de la pensió. Tenia un pèl blanquinós, brillant, i uns ulls blavíssims. Em va mirar com dient: «Ho tenim magre, noi. Si no ens espavilem, no mourem els bigotis». De fet, no acabava d'entendre com era que amb la penúria de menjar que hi havia a la ciutat, al pobre animal no l'haguessin cuinat amb patates ja feia temps. Com si m'hagués endevinat el pensament, va girar cua i va marxar per on havia vingut.

Vull aclarir que això de les patates té la seva explicació. La pensió de la senyora Assumpta era coneguda amb el sobrenom de la «Pensió Patata», tot i que el nom oficial era Pensió Borràs. La cosa venia perquè, fos quin fos el plat que posava a taula, mai no hi faltava la inevitable ració de patates. Fregides, bullides, amb pela, sense pela, arrebossades... tant hi fa. La qüestió és que no fallaven mai. I també tenia la seva explicació. La dona era filla d'un poblet de pagès, on encara tenia família. Així doncs, de tant en tant anaven al poble i tornaven carregadíssims de tubèrculs de totes mides i colors. I sort n'hi havia, perquè la veritat és que, als plats que cuinava, cada cop hi havia menys carn, ous o peix i més patates. Bé, doncs, atesa la situació, vaig decidir d'anar a veure si podia esmorzar a fora.

M'agradaria explicar que, des de sempre, quan em trobo en situacions d'incertesa com aquesta, m'agafa un calfred que em puja per l'espinada fins a dalt del cap. Després, se'm fa un nus a l'estómac, que gairebé no em deixa ni respirar, i el cor se'm posa a cent. Angoixa en diuen. Jo en dic allò. Potser per treure-li importància, perquè sí que és veritat que, quan m'hi enfronto amb fermesa i convicció, m'ho trec de sobre ben ràpid. Això sí, sempre torna. Una de les coses que més em funciona és sortir al carrer i enfrontar-ho amb la realitat. Gairebé sempre, allò es va fent petit, petit, fins que s'esvaeix, com la boira en un dia assolellat.

Vaig baixar els esglaons saltant-los de tres en tres. Calia sacsejar el cos a veure si l'esperit s'espavilava —l'ascensor no funcionava des del dia que hi vaig arribar. El porter no era al seu lloc, tot i que era l'hora que hi fos. Vaig obrir la pesant porta de ferro i vidre que dóna al carrer i una ventada d'aire glaçat em va fer remugar. M'havia abrigat força: la gavardina, un jersei gruixut, la gorra de llana i una bufanda; però, tot i així, tenia fred. La gent que circulava pel carrer ho feia d'una forma una mica estranya, gairebé sense mirar al seu voltant i com si tinguessin pressa per arribar a algun lloc. Però, a on?, si gairebé tot estava tancat per ordre governativa? Vaig veure que una taverna tenia la porta mig oberta. Vaig ficar-m'hi a dins, a veure si podia fer encara que fos un cafè per refer-me una mica. Vaig aconseguir una tassa fumejant de xicoira que per primer cop em va semblar bona. El taverner, molt amable, em va oferir unes quantes galetes resseques, que em vaig menjar prou de gust. Asseguts en una taula hi havia dos homes de mitjana edat que xerraven en espanyol. Vaig poder sentir el que deien sense gaires dificultats. Comentaven que la nit passada molta gent havia fugit cap a França en camions posats pel Govern de la Generalitat, perquè les tropes rebels eren a tocar de la ciutat. Justa la fusta! Ara entenia les anades i vingudes i les veus d'anit. Però, per què no m'havien dit res? O potser em van cridar i no em vaig despertar? Ara tant se val, vaig pensar. Perquè, encara que m'haguessin avisat, no hauria marxat. Jo em volia quedar fins que entressin els franquistes. Havia de fer la crònica de la caiguda de Barcelona tant sí com no!

Un dels dos homes es va alçar i va sortir del local. L'altre es va quedar assegut amb la mirada perduda mentre feia anar els dits per moure un got buit. M'hi vaig acostar i li vaig demanar de seure a la taula. Sense gairebé ni mirar-me, va assentir amb el cap.

—Bon dia, com va tot? —just ho acabo de dir que m'adono que la pregunta és, si més no, inoportuna. Per saber com va tot només cal mirar la cara de les persones. Ni a ell ni a ningú que visqués a Barcelona res no li podia anar gaire bé aquell principi d'any. Però a l'home no sembla importunar-lo, més aviat al contrari. Va començar a parlar de manera pausada i mirant-me fixament als ulls.

—Déu és tot el meu univers. Hi confio i m'hi encomano —va dir. Després va ajuntar les mans com si resés, tot mirant cap al sostre, i va continuar—: Estic segur que me'l tornarà, que algun dia me'l tornarà. I ara vull que m'escolti amb atenció, jove. M'agrada parlar amb desconeguts, ja que a tots els meus coneguts els cansa la meva història. Vostè deu tenir, més o menys, l'edat del meu fill. Aviat farà un any que no en sé res. Resulta que es va casar i se'n va anar a viure al carrer Balmes. Sap on és, oi? Bé, doncs, vivia feliç amb la dona i un fill petit fins que va arribar la maleïda guerra. Miri, jo no sóc ni dels uns ni dels altres, tant me fa. No sé si m'entén… Però resulta que entre tots han arruïnat la meva vida. Al meu únic fill se l'han emportat entre tots. No sé si m'entén… —A l'home se li anaven negant els ulls a poc a poc i la veu se li anava fent cada cop més trencadissa. El taverner arrufava el nas com volent dir que ja se sabia la història de memòria i que li tocava d'escoltar-la un altre cop. L'home va continuar—: Es veu que, durant els bombardejos del març passat, algú feia senyals lluminosos als avions des de l'edifici on vivia. Sense pensar-s'hi dos cops, els esbirros de la FAI un dia van escorcollar tot el bloc de pisos i se'ls van emportar a tots, a tots els homes que hi van trobar. No sé si m'entén... Mai més no he tingut notícies seves. Al castell de Montjuïc no hi és pres, ni tampoc a la Model. Ningú no me'n sap dir res. No sé si m'entén... —Va fer una pausa i va començar a sanglotar, les paraules quasi no li sortien—. Ja sap què fan els malparits de la FAI? Sí?... Doncs, se'ls emporten a la carretera de l'Arrabassada, als afores, i els maten com si fossin gossos rabiosos... Fills de Satanàs! Oh, oh... púrria murciana!... Els deixen a la cuneta amb només una mica de terra al damunt —de cop es va sobreposar, va tallar els plors en sec i, mirant-me fixament, em diu—: Però de segur que Déu me'l tornarà, el noi. Déu me'l tornarà. Oi que serà així, oi que serà així?

Després s'acosta cap a mi, m'abraça amb força durant uns instants, fa el senyal de la creu, s'aixeca i surt del local amb la mirada perduda.

Ni tan sols tinc temps de respondre-li que sí, que segurament serà així. Però potser no cal. M'imagino que cada cop que recorda la desaparició del fill, ha de passar un tràngol gairebé insuportable. A la vida no hi pot haver res més cruel que la pèrdua d'un fill, i més si és per culpa d'una guerra tan estúpida. Tampoc no li vaig poder preguntar si el noi militava en algun partit que simpatitzés amb els rebels, o fins i tot a la mateixa Falange. Passa sovint que la gent, per netejar la consciència, s'inventa històries que distorsionen la realitat de mala manera. Qui no diu que el seu estimat fill no era un quintacolumnista, que és el nom que reben els qui ajuden els feixistes des de dins. Amb tot, em vaig quedar una mica intrigat, perquè, segons el que havia llegit al llibre *Homenatge a Catalunya*, de George Orwell, els de la FAI —arran dels Fets de Maig del 37— ja no hi pintaven res. Fins i tot molts eren a la presó. Aquell home delirava? O potser encara hi ha faistes que campen al seu aire? O van ser els comunistes-estalinistes catalans del PSUC, que es van fer passar per membres de la FAI? Vés a saber!

Així doncs, amb la pregunta sense resposta, vaig marxar de l'establiment i em vaig dirigir cap a l'Hotel Continental, a fi i efecte de conèixer les darreres novetats. Allà sempre hi havia informació d'última hora, tot i que es deia que era ple de quintacolumnistes. També hi havia un teletip des del qual enviava les meves cròniques.

Quan tot just havia caminat unes quantes passes, una mare i una filla agafades de la mà s'acosten cap a mi. Totes dues van molt mal vestides. La nena, d'uns dotze anys, té un posat digníssim, malgrat la seva penúria.

Porta un tallat de cabells a l'estil *garçon*, molt corrent entre la població per evitar paràsits, i un abric que de segur que li han donat, de tan gran que li va. La mare porta un mocador al cap, una gavardina apedaçada i se la veu més apesarada. Em pregunten com poden anar al carrer Roger de Llúria, on, segons els han dit, hi ha un col·legi on s'organitza l'evacuació cap a França. Tenen un accent per a mi desconegut i se les veu molt perdudes. M'expliquen que són del sud i que fa uns quants dies que estan refugiades a Barcelona. Els indico el camí, els desitjo sort i poso un bitllet d'una pesseta a la mà de la nena, que em dedica un somriure que a mi em sembla deliciós.

La veritat és que en aquell moment *allò* ja havia passat a millor vida. L'esperança del pare creient i la voluntat d'aquelles dues dones per fugir de l'enemic van ser més que suficients per fer-ho desaparèixer.

A l'hotel hi havia un ambient força enrarit. Moltes anades i vingudes de gent i molta desconfiança. Semblava que ningú no es refiava de ningú. Al personal se'l veia nerviós, potser perquè la majoria estaven afiliats a sindicats. Vaig demanar un cafè amb l'esperança que encara fos cafè cafè. Tot i parlar amb força gent, com ara periodistes, policies, funcionaris..., no vaig aconseguir saber què passava. Si bé alguns afirmaven amb contundència que les exigües forces republicanes resistirien encara una mica més, per poder donar temps a la fugida, d'altres donaven per fet que la caiguda de Barcelona era imminent, qüestió d'hores. El que sí que semblava cert era que una possible defensa popular de la ciutat era inimaginable. Els comunistes espanyols desplaçats a Barcelona volien una resistència que tingués un efecte moral, però als casals del PSUC ja s'havia donat l'ordre d'evacuar, igual que entre les files d'ERC, el partit que governava a la Generalitat, i als dos sindicats majoritaris, la UGT i la CNT. La tesi que afirmava que no hi havia cap opció de defensar Barcelona s'havia acabat imposant.

Quan ja estava a punt de tornar cap a la pensió per escriure la crònica del dia, van arribar notícies que els rebels s'estaven dirigint cap al centre des de diversos punts. De fet, feia estona que se sentia un fons llunyà d'artilleria i trets aïllats més propers. Uns reporters estrangers em van convidar a acompanyar-los per veure com entraven les tropes des de la carretera de Vallvidrera, que és una població al cim de la muntanya del Tibidabo, que domina l'urbs des de ponent. Eren els corresponsals del *New York Times* i del *Daily Express* i un fotògraf iugoslau que treballava per a l'agència americana Wild World Photo. Vam pujar en un cotxe del consolat americà —que des que el govern de la República s'havia instal·lat a la ciutat el 1937 feia d'ambaixada—, i vam enfilar el carrer Balmes amunt. El xofer n'era membre. L'asfalt estava en unes condicions pèssimes, cosa que feia que botéssim de mala manera. En passar a prop d'una escola del barri de Sarrià —a la part alta de la ciutat—, que servia d'arsenal, vam veure que havia esclatat feia poc, segurament per obra dels mateixos republicans. Les flames i el fum es veien de molt lluny. A mesura que ens anàvem enfilant, trobàvem barricades que ens dificultaven el pas. Les vam esquivar com vam poder fins a arribar a la darrera, al peu del funicular de Vallvidrera, on hi havia alguns mossos d'esquadra —la policia catalana— i uns quants soldats que disparaven contra l'exèrcit invasor sense cap convicció. La batalla, si és que es pot dir així, va durar uns quants minuts comptats. Al cap de poc de ser allà, tots van iniciar la retirada fugint muntanya avall. Vam veure baixar les columnes del Cos d'Exèrcit de Navarra amb pas triomfal. Quan van ser a una distància prudencial, nosaltres també vam decidir tornar, no fos cas que aquells que s'acostaven de primer disparessin i després preguntessin.

Ja de tornada vam tenir un incident que procuraré relatar de la manera més acurada possible. Quan ja enfilàvem un carrer força ample que baixava directe cap al centre de la ciutat, vam punxar una roda, cosa gens estranya atès el mal estat dels carrers. Vam posar la roda de recanvi sense gaire esforç, i quan ens disposàvem a tornar a pujar al vehicle, de sobte van sortir de no se sap on cinc homes cridant "«*Arriba España*»" i "«*Viva Franco*»", molt alterats. Devien intuir que érem corresponsals de països gens simpatitzants amb el feixisme i van rodejar el cotxe: el rètol «Premsa» al parabrisa ens delatava, i a més entre nosaltres parlàvem en anglès. Van començar a increpar-nos i a sacsejar-nos de mala manera. Fins i tot van etzibar-nos algun cop de puny. Semblava com si la ràbia acumulada durant dos anys i mig de guerra en zona republicana, potser vivint mig amagats, els esclatés a dintre com un volcà. Però, sense que ningú s'ho esperés, el fotògraf va treure una pistola i va tirar algun tret a l'aire per intimidar els assaltants. Per contra, no es van arronsar i es van abraonar al seu damunt. El van tombar panxa enlaire damunt el capó del cotxe. Amb la batussa, l'arma va anar a parar als meus peus. La vaig agafar i, sense pensar-m'ho dos cops, vaig disparar un tret al clatell d'un dels que l'estava escanyant. Era el primer cop que tenia una pistola a les mans i em vaig sorprendre a mi mateix per la determinació i la sang freda amb què vaig actuar. Potser perquè manta vegada m'havia imaginat matant un feixista de mil maneres diferents. La meva mà, de manera reflexa, va executar l'ordre d'un cervell fresat per l'odi als totalitaris. Va caure rodó mentre li sortia sang a raig del cap. Els altres van deixar anar el fotògraf i es van llançar damunt meu amb intencions d'escanyar-me a mi i prendrem l'arma, però, al que em tenia les mans al coll, el xofer li va esberlar el cap amb un cop sec amb la barra de ferro que es fa servir per engegar els cotxes. Va caure a terra com un sac. Els altres dos corresponsals s'ho miraven com petrificats. La sang amarava l'asfalt. Un es va desentendre de mi, es van llançar contra el conductor i van rodolar tots dos per terra. Però, tot i estar forcejant amb els dos que s'ocupaven de mi, vaig poder-li passar la pistola al fotògraf i, talment com si premés el disparador de la càmera, va començar a disparar trets amb tanta punteria que, com una exhalació, va acabar amb la ràbia dels tres energúmens. Després vam saber que havia participat en la resistència armada contra el rei Alexandre I de Iugoslàvia. Vam pujar al cotxe i vam sortir disparats. Recordo que les rodes van passar per sobre d'un dels homes, que es recargolava de dolor enmig del carrer. Es va quedar quiet a l'instant. De seguida vam trobar un altre carrer per baixar directes al centre, cosa que vam fer a tota pastilla. Un cop allà ens vam dispersar amb el compromís de no explicar el que havia passat en cap crònica. En primer lloc perquè hi ha una norma no escrita del periodisme que diu que cal evitar ser el protagonista de les teves notícies, i en segon lloc perquè, com a mínim mentre restéssim en territori espanyol, no seria gens prudent parlar-ne.

De fet, podíem estar força tranquils perquè de la nostra excursió gairebé ningú n'estava al corrent, ja que la vam organitzar de manera improvisada i als franquistes els seria difícil localitzar-nos. Si anaven al consolat americà, guiats per algun testimoni que hagués identificat la matricula consular del cotxe, es quedarien amb un pam de nas. Tot just abans d'acomiadar-nos, el xofer ens va agrair a nosaltres i al fotògraf que, el que havia de ser el seu darrer dia a Barcelona, no s'hagués convertit en el seu darrer dia a la Terra. L'endemà a trenc d'alba, com la majoria de la legació diplomàtica americana, se'n tornava als Estats Units via París. Serien substituïts per personal menys proper al bàndol republicà. Els tres col·legues també marxaven l'endemà. Dos cap a la frontera amb França, i el fotògraf, cap a Madrid.

En poques hores el centre de la ciutat semblava un altre. Es començava a veure més moviment de gent. S'havia escampat com la pólvora la notícia que el franquistes estaven a punt d'entrar a Barcelona. Grupets de falangistes començaven a celebrar-ho caminant desafiants amb el braç alçat. Semblava que les camises blaves, de tan ben planxades que estaven, haguessin estat a l'armari només esperant aquell dia. També es veien soldats que llençaven fusells i cartutxeres i corrien a amagar-se. Jo me'n vaig anar cap a la pensió. Havia d'escriure la crònica de la caiguda, si volia arribar a temps per enviar-la perquè es publiqués l'endemà. La Barcelona republicana estava fent les darreres glopades de llibertat. Al vestíbul de l'edifici de la pensió el porter continuava sense ser-hi. En obrir la porta del pis, em va envair un fred humit i llòbrec. Continuava sense haver-hi ningú, però no hi havia lloc per al desànim. La meva inseparable Underwood 5 semblava que m'estigués esperant i que digués: «Au vinga, què coi esperes?». El soroll dels engranatges que fan lliscar el paper per damunt del rodet sempre m'ha semblat premonitori. Sé distingir perfectament quan el so et diu «endavant, nano, això per a tu només és un tros de pastís de poma que et cruspiràs en un tres i no res», o bé quan et diu «ho tens malament, xiquet, em sembla que ni tan sols seràs capaç d'escriure dues ratlles seguides abans no estripis el paper amb ràbia; no tens cap idea amb la qual valgui la pena destorbar la blancor immaculada de la quartilla». Aquell cop el so no m'oferia cap dubte. Fins i tot vaig prescindir de fer-me el te que sempre em prenc abans d'escriure. Tal com estaven les coses, millor que guardés el poc te que tenia per a més endavant.

Vaig estar teclejant dues hores llargues sense parar. Les frases..., què dic, frases, paràgrafs sencers!, s'amuntegaven dintre del meu cervell, com els cavalls a la línia de sortida del Grand National. I abans que comencessin a galopar sense control, calia domar-les, calia donar-los forma, sense oblidar mai que la veritat no arriba a qui la llegeix només perquè ho sigui, sinó per la manera com s'explica. En acabat, vaig repassar el text i hi vaig fer algun petit canvi al darrer paràgraf, que va quedar de la manera següent: «Avui Barcelona s'ha llevat republicana i se n'anirà a dormir feixista. El malson de gairebé dos anys i mig de guerra està arribant a la fi. A qui li importa ja la sort de la ciutat? El Govern espanyol, que feia temps que s'hi estava, ha fugit en ple, amb Negrín al capdavant. El president del Govern autònom català, Lluís Companys, també ha abandonat el vaixell. Els militants de partits i sindicats igualment han marxat. Les democràcies europees miren cap a una altra banda i els italians i els alemanys ho celebraran. Ha arribat la fi de Catalunya? Si més no, la fi d'una Catalunya que creia en els valors de la democràcia i del progrés».

Em va semblar que tenia l'article enllestit. Ja podia tornar a l'Hotel Continental a enviar-lo amb el teletip.

Només de posar els peus al carrer em vaig adonar que l'ocupació s'havia consumat. Era mitja tarda i la ciutat era plena d'una gentada important, on predominaven les dones, que es dirigia amb pas accelerat cap al centre per donar la benvinguda als rebels. Les banderes bicolor voleiaven per tot arreu: als balcons, a les finestres, a les mans de la gent... De tant en tant algú cridava amb força crits a favor d'Espanya i de Franco. En arribar a la plaça Catalunya, vaig veure com les tropes l'omplien de gom a gom, i com la gentada les rodejava amb gran alegria. La cridòria es barrejava amb sons de corneta que tocaven marxes militars. De manera espontània es cantava un cop i un altre una mateixa cançó, que més endavant vaig saber que era el l'himne de la Falange, el *Cara al sol,* amb el braç alçat. Vaig veure moltes llàgrimes vessades, moltes abraçades i molta emoció. Segons vaig saber, el gruix de les forces rebels havien entrat per l'avinguda anomenada del Catorze d'Abril, que connecta la ciutat pel sud, i van ser rebudes per la multitud amb entusiasme.

De camí a l'hotel em vaig trobar amb un periodista francès que escrivia per a *Le Figaro.* Em va dir que estava content perquè ja havia enviat la crònica de la caiguda de Barcelona i que segurament els seus lectors se n'alegrarien. Em van venir al cap l'home de la taverna, les refugiades del sud, la pensió deserta, l'incident amb els feixistes. Li vaig respondre amb ràbia que els meus, de lectors, quan se n'assabentessin, es posarien tristos i maleirien Franco. Sense immutar-se va dir-me que si apreciava la meva vida millor que no m'acostes a l'hotel, ja que estava en mans dels rebels. Va ser tanta la ràbia que vaig sentir que em va sortir aixecar el puny i començar a cantar amb veu ben alta: «*Debout, les damnés de la terre...*» , que és la primera frase de la versió francesa de *La Internacional.* Va marxar sense respondre'm. De seguida em vaig veure envoltat d'una colla d'energúmens que em van començar a empènyer i a insultar. Quan la cosa es començava a complicar, vaig arrencar a córrer i els vaig despistar ràpid gràcies a la multitud que s'havia anat aplegant per tot el centre.

Un cop passat el perill, vaig anar tirant cap a la pensió força trist i decebut per no haver pogut enviar la crònica i amb una pregunta al cap: què coi faig ara, me'n vaig o em quedo?

Capítol 2

26 DE GENER
Sort dels consells del pare

JA A LA pensió i més asserenat, vaig decidir oblidar-me de les paraules del cretí del director del *News:* "«Un periodista mort no escriu cap crònica!». Les seves, si mai n'hagués escrit, de cròniques, segur que tindrien el mateix interès que si les hagués fet des de d'ultratomba, és a dir, nul. Després de rumiar-m'ho una bona estona, vaig decidir que el món havia de conèixer les maldats, les atrocitats, que de ben segur cometrien els franquistes. Dubto molt que cap altre periodista se la volgués jugar explicant-ho. Algú ho havia de fer. El meu pla seria diferent: no enviaria cròniques, ja que correria el perill de ser descobert, però les escriuria per fer-ne un llibre. El més fàcil hauria estat entornar-me'n cap a casa, amb la meva estimada Vanessa, i continuar fent la viu-viu escrivint articles sobre mil i un temes, però mai sobre els efectes i les conseqüències d'una venjança que podria ser devastadora.

Però no, em quedaria a Barcelona durant un temps.

Els articles que miraria de fer havien de ser el testimoni escrit de la barbàrie franquista, que tan bé havien descrit diversos corresponsals, un cop fora de la zona nacional. De ben segur que la repressió s'estendria fins a l'últim racó, fins a la darrera víctima. Volia entrar en detall sobre tot el que significaria l'ocupació militar de Barcelona. Sobre com afectaria la vida de les persones, tant de les que estaven a favor de la República, com de les que hi estaven en contra o de les indiferents. Vaig pensar que, si me'n sortia, el llibre amb el recull dels articles serviria perquè el món sencer s'assabentés de tot allò que s'amagava darrere la pretesa croada nacional catòlica contra el terror roig.

Aviam, em vaig dir, en casos com aquests cal actuar amb molta sang freda, cal avaluar totes les possibilitats i no fer cap pas en fals. El meu pare és l'encarregat d'una fàbrica al nord de Londres —encara recordo el disgust que va tenir quan em vaig negar a acceptar la feina que havia aconseguit per a mi a la fàbrica i li vaig dir que volia ser periodista— i sempre em repeteix el que diu el seu director: davant d'un nou projecte cal fer una llista prèvia de les coses que tens a favor i de les que tens en contra i, després, planificar tots els passos que cal seguir.

I jo, llavors, en tenia un, de projecte: escriure cròniques de la Barcelona derrotada.

Vaig començar per les coses que tenia a favor i les vaig escriure en un paper:

Estic sol en un pis cèntric i ningú no em destorba.
Tinc una màquina d'escriure que funciona i força paper.
Hi ha una ràdio d'ona curta per escoltar la BBC i altres emissores de fora.
Parlo força bé l'espanyol.
Mai havia tingut tantes ganes d'escriure.
Al pis hi ha una bona llibreria amb llibres sobre Catalunya.
De moment hi ha aigua corrent i llum (tot i que sovint se'n va).

***

Hi deixo una línia en blanc, per si se m'acut alguna cosa més. Bé, tenia set coses a favor. Tampoc no estava tan malament. Tot seguit vaig fer una llista de les que tenia en contra:

Sóc trotskista.
Els diners que tinc no duraran gaire.
No conec ningú que em pugui passar informació.
No sé com sortiré del país amb els articles a sobre.
El pis pot ser ocupat en qualsevol moment.
Quan m'agafa *allò* em bloquejo.

Només en vaig trobar sis, o sigui que hi havia un petit marge per a l'optimisme. A més, set és el número de la sort.

Després vaig analitzar d'un en un els punts en contra, a veure què s'hi podia fer.

El primer punt que tinc en contra és que sóc trotskista, que és una manera de ser comunista. Els «nacionals» es passaven per l'entrecuix les diferències de matisos i, si se n'assabentaven, ho tenia magre. I, a més, no sóc un trotskista qualsevol, no: vaig fer d'intèrpret d'en Lev Trotski quan va arribar a Mèxic, ara farà dos anys. M'hi va enviar el partit. La meva ascendència mexicana va fer que fos l'escollit per anar-hi.

Encara recordo la rebuda que la Frida, la dona d'en Rivera, va fer a en Trotski. La Frida i en Rivera eren els seus amfitrions comunistes, els que havien intervingut davant el president Cárdenas perquè li concedís asil i protecció. Vam arribar amb vaixell al port de Tampico, al nord-est de Ciutat de Mèxic. La Frida va obsequiar l'exiliat amb petons i abraçades efusives, que a la dona d'en Trotski va semblar que no li feien gaire gràcia. De fet, la pobre Natàlia ja hi devia estar acostumada, a les mostres d'*afecte* que li prodigaven elements del gènere femení d'ideologia comunista. Diuen que els millors afrodisíacs són el poder i la fama. I és clar, un home que va ser el segon d'en Lenin al politburó, que va ser el cap de l'Exèrcit Roig i el primer ministre d'Afers Estrangers de la Unió Soviètica, en té molta, de fama, i havia tingut molt poder. Però una cosa és que a l'home te'l festegin quatres jovenetes amb pardals al cap, i una altra és que a tota una donassa com la Frida Kahlo li facin pampallugues els ullassos només de mirar-lo.

Després de les abraçades, que de ben segur que li van semblar llarguíssimes a la Natàlia, la Frida, l'amfitriona, amb la decisió que la caracteritzava, va dirigir la comitiva cap a l'estació ferroviària, on ens esperava ni més ni menys que el tren privat del president mateix.

Durant el viatge la meva feina va ser més aviat escassa, ja que la Frida i en Lev es van posar a parlar en anglès i no van parar fins a arribar a la capital. Com no podia ser d'una altra manera, la conversa va versar sobre la figura més odiada pels trotskistes, que no era ni Hitler, ni Mussolini, sinó Ióssif Stalin. La xerrada em va confirmar el que es diu sobre l'aprenentatge de les llengües, que el primer que s'aprenen són els insults. També vaig conèixer expressions de gran calat ofensiu referides al líder soviètic, com ara «el georgià bastard» o «l'assassí de coll de bou», i d'altres que no són reproduïbles. Sempre m'enrecordaré del curiós efecte òptic de les espessíssimes celles d'ella reflectides a les ulleres gruixudes d'ell.

Bé, doncs, el viatge va ser d'allò més entretingut. En arribar a Ciutat de Mèxic, hi havia aquella bestiassa d'en Rivera —un homenàs de gairebé dos metres i que feia quasi tant d'ample com d'alt— a l'andana, brandant els braços com un home boig. Em va semblar que en Lev, en veure'l, va sentir un pèl de basarda. Si li havia passat pel cap, ni que fos de manera remota, tenir un *affaire* amb la Frida, es va adonar de seguida del perill al qual s'enfrontava. Malgrat tot —jo ja no hi era—, es va dir que sí, que la Frida i en Lev s'havien embolicat i que per això el matrimoni Trotski va haver d'anar a viure a Coyoacán.

Els dies següents sí que me'l vaig guanyar, el jornal, ja que vaig haver d'anar amb en Lev amunt i avall, per tal de fer-li d'intèrpret a les conferències que va impartir, a les entrevistes a la premsa... Per sort, el «mestre» va aprendre ràpid l'espanyol, i aviat va poder prescindir dels meus serveis. Tot i que va ser una experiència irrepetible, la meva vocació, com ja he dit, no és traduir, sinó escriure. De fet, ho vaig aprofitar per publicar uns quants articles en diversos diaris i revistes mexicans. Recordo com escrivien els titulars a la premsa mexicana —tot imitant els de la premsa anglosaxona—, estalviant-se el màxim d'articles i de preposicions. «*Gobierno acoje politico soviético*»; «*León Trotsky pronuncia conferencia en universidad*»; «*Presidente Cárdenas declara amistad a Trotsky*». En espanyol no deixaven de sonar-me curiosos. També vaig poder fer una visita fugaç a la part de la família de la meva mare que encara restava a Cuernavaca i que no havien volgut emigrar a Anglaterra. Formaven part de la petita comunitat jueva que regentava negocis i que, malgrat la inestabilitat política, volien seguir passant calor abans d'enfrontar-se amb la boira espessa de Londres, i amb el que és pitjor: la proverbial arrogància britànica.

Els meus reportatges els vaig centrar, sobretot, a donar a conèixer les peripècies del mestre per fugir de la persecució stalinista. Vaig explicar clarament com la troica formada per Zinóviev, Kàmenev i Stalin, arran de la malaltia de Lenin, va aconseguir el poder del partit i va començar les maniobres de difamació dirigides cap a Trotski, tot acusant-lo de greus violacions de la disciplina interna. La cosa va anar a més i la bola de neu va anar rodolant, rodolant i fent-se grossa, amb el resultat final de la seva expulsió de la formació política i del país. Tot mentida podrida. No podien suportar la seva independència de pensament i el seu esperit crític, ni el fet que fos jueu. La casta de buròcrates, finalment amb Stalin com a líder indiscutible, van imposar el seu caràcter mesquí, llefiscós fins a la nàusea, per fer la traveta a una revolució que tot just començava a caminar. Algun dia la història els passarà comptes! El mestre va haver d'iniciar un llarg i penós pelegrinatge per mitja Europa, fins que, com he explicat abans, va arribar a Mèxic.

Els articles van tenir bona acollida, sobretot entre el sector intel·lectual d'un Mèxic que segueix molt de prop els esdeveniments de la política internacional. El Mèxic actual ja no té res a veure amb el del segle passat, venut al capital estranger. No en va la revolució maderista, Zapata, Pancho Villa i tota la pesca van anar sembrant idees socials que, de mica en mica, sembla que van quallant.

El partit comunista mexicà —que va tornar a ser legalitzat pel president Cárdenas— es declarava seguidor de Trotski i es negava a eliminar-lo, tal com li reclamaven des de Moscou. Però no tothom del partit hi estava d'acord. De fet, fa tot just un mes, un escamot de 20 homes armats, comandats pel pintor Siqueiros, li van disparar gairebé 400 trets i, encara que costi de creure, en va sortir indemne.

Bé, però tot plegat ja era aigua passada i no em servia de gran cosa anar-ho recordant. El que havia de fer era pensar com me les empescaria per esborrar aquell passat, per passar-hi el ribot i deixar-lo desconegut, talment com si fos el d'un altre. Ja ho tinc! Diuen que els extrems es toquen; doncs, sí senyor, a partir d'ara seré un membre de l'extrema dreta mexicana que ha vingut a informar de l'èxit del general Franco, vaig pensar. El canvi d'identitat també m'ajudaria a evitar que se'm pogués inculpar per l'incident dels feixistes.

¡Ándale huevón, hijo de la gran chingada!¡Pues claro pendejo, a chingar a los rojos hijos de la gran puta! Oh Déu meu! I això que no sóc creient, però Déu n'hi do fins on s'ha d'arribar per salvar la pell. Jo, membre de la Unión Nacional Sinarquista. Sisplau! Vaig veure alguna demostració del seu tarannà, quan era allà: desfilades paramilitars, uniformes, salutacions feixistes i tota la resta. En una ocasió, crec recordar que era durant el dia de la independència, el 15 de setembre, els vaig veure baixar per la gran avinguda d'Insurgentes al so d'una marxa militar. La veritat, però, és que no impressionaven gaire, tan baixets i rodanxons. La sensació que em van causar estava a mig camí entre el ridícul i la inquietud. De fet, res a veure amb les desfilades de la Gestapo alemanya, ni amb les de les centúries italianes. Però em vaig preguntar si, arribat el moment, serien capaços de cometre les mateixes atrocitats contra els comunistes i els jueus que els nazis alemanys o els camises negres italians, i més tenint en compte que jo en sóc, de comunista i de jueu.

Bé, però el que de veritat importava és que ja tenia el personatge. Ara es tractava de donar-li credibilitat, amb les sigles d'un partit no n'hi havia prou.

Per començar calia un nom i un document. La primera cosa era fàcil; la segona, no tant. El nom podia ser qualsevol que sonés mexicà, és clar. Francisco Cordero. No. Era massa premonitori, ja que potser algun dia acabaria a l'escorxador. Lázaro Carretero. No home, no! S'assemblava massa a Lázaro Cárdenas, l'actual president amic del «mestre». Vaig fer un esforç de síntesi: vejam, a mi m'agrada molt el mar, i sóc anglès. Per què no Jorge Marín? Sant Jordi és el patró d'Anglaterra i Marín sona a mar. Ja ho tinc! A partir d'ara seré el periodista mejicano Jorge Marín. ¡Ándale!

Ara calia aconseguir un document. Vaig recordar que el partit comunista mexicà m'havia proporcionat un carnet. La veritat, no el vaig haver de fer servir en cap moment, amb el carnet de periodista britànic en tenia més que suficient. Però, ves per on, el portava a la cartera. La falç i el martell no es veien gaire i vaig pensar que les podria reconvertir en l'àliga imperial, que és el seu símbol. El nom ja seria més complicat. Em dic Michael Dewman. Ostres! Ara que ho penso, és força diferent de Jorge Marín, però ja me'n sortiré, vaig dir-me. Pel que fa al passaport, explicaria que me l'havien requisat a la duana i que m'havien assegurat que al cap d'una setmana el tindria al consolat, i és clar, vés a saber on parava. Vaig tenir la sort que el consolat mexicà va tancar les portes amb l'arribada dels feixistes, i no crec que les torni a obrir.

Abans de posar-m'hi, però, havia de trobar alguns estris que em servissin. Jo què sé, alguna cosa que vagi bé per raspar, alguna ploma, tinta... Vaig començar a regirar calaixos i més calaixos. N'hi havia un munt en aquella casa. Però molts estaven buits. Només hi vaig trobar roba, espelmes, gerros, canelobres, figuretes de porcellana... Si més no, quan no me'n quedin ni cinc, sempre podria muntar una paradeta al portal.

De sobte, remenant en una habitació, hi vaig trobar un feix relligat de cartes. El deslligo i, pel que posa al remitent, dedueixo que són d'un soldat de l'exèrcit republicà: «Capità Moisès Borràs. 23 Brigada, 16 Batalló. XII Cos d'Exèrcit». El destinatari era Siset Borràs, i l'adreça era la de la pensió: Claris, 122. En Siset era el pare de la dispesera, que vivia amb ella.

No puc resistir la temptació d'obrir ni que sigui una de les cartes. Ho faig, però, quan em disposo a llegir-la no hi entenc gran cosa. La carta està escrita en català, idioma que evidentment no domino. Sé què vol dir *gat*, ja que és molt semblant a l'anglès *cat*; *bon dia*; *bona nit* i para de comptar. En menys d'una setmana no se'm pot exigir massa. A més, en saber que sóc anglès, tothom se'm dirigeix en espanyol. A la llibreria he vist un diccionari castellà-català, que em podrà ajudar una mica. Bé, em vaig dir que ja hi hauria temps.

Vaig continuar amb la recerca dels estris que m'havien de salvar la pell. Per sort, vaig trobar una navalla d'afaitar en força bon estat. Ja tenia alguna cosa. La ploma i la tinta ja seria més difícil d'aconseguir-les. Recordava que la dispesera feia servir un llapis per apuntar les coses, però no em semblava haver vist cap ploma.

Entre una cosa i l'altra s'havia fet tard, i la son i el cansament començaven a fer efecte. Me'n vaig anar la meva habitació a dormir. Demà seria un altre dia.

Però m'adono que no estic sol a la cambra! Als peus del llit hi havia el gat ajagut, mirant-me immòbil. El pelatge blanquinós contrasta notòriament amb les mantes fosques. La meva primera idea va ser fer-lo fora d'una revolada, però, encara no sé per què, em vaig contenir. Al cap d'una estona el seu instint li diu que ja ha passat el perill i se m'atansa pausadament. S'arrauleix al meu costat i acluca els ulls. Es la seva manera de dir: no passa res, noi, continua dormint. A partir d'aquest moment vaig entendre que ens faríem amics.

A mi mai no m'han fet gaire gràcia els animals domèstics —cosa estranya en un anglès—, però ara la situació era molt diferent i no m'aniria malament tenir una mica de companyia. Com trobava a faltar la Vanessa! Llavors pensava que m'estimava molt, però la realitat va ser una altra. Li havia de buscar un nom, al meu amic. Els amics n'han de tenir, de nom. Si ja en té, l'hi faré oblidar. L'hi repetiré tants cops que, d'aquí a uns quants dies, només de sentir-lo, les orelles se li posaran dretes com dos bastons. A veure, al meu país els noms dels gats i els gossos moltes vegades s'acosten al ridícul i altres directament ho són, de ridículs. No era fàcil trobar-ne un, no, que em fes el pes. Vejam... Blue, pels ulls... no... White, pel pèl, tampoc... Alone, perquè s'ha quedat sol... no em convencia. Ara que hi penso, em recorda molt un gat que corria pel local del Comitè Revolucionari Unificat Marxista Antifeixista (CRUMA). Ja ho tinc! Es dirà Cruma. Sí, sí, Cruma, Cruma, Cruma, vaig començar a cridar. El gat va aixecar el cap i se'm va quedar mirant un moment. Després va continuar dormint. Jo també.

Capítol 3

27 i 28 DE GENER
La porta es tanca però s'obre una finestra

EL PRIMER QUE vaig fer només de llevar-me va ser escorcollar la casa a consciència. Estava fresc i descansat, i es notava. Vaig tenir la meva recompensa, ja que vaig fer dues troballes que podien ser-me de gran ajut. En primer lloc havia trobat entaforada en una calaixera una ploma, tinta i paper assecant. Era el que necessitava per falsificar el carnet mexicà. L'altra troballa tenia un caire diferent, però era tant o més necessària. En una habitació interior la porta de la qual estava mig amagada darrere un moble, hi havia una quantitat enorme de patates. Quilos i quilos amuntegats d'una menja que anava més buscada que el petroli. De fet, no me'n vaig sorprendre gaire, ja que la pensió era coneguda, com ja he dit abans, amb el sobrenom de «Pensió Patata». La senyora Assumpta, una dona rabassuda fora mida, però amb un nervi i una determinació que haurien fet quadrar un regiment de granaders, en servia tothom.

Vaig posar-me a retocar el carnet. He de dir que he estat traçut de mena. Sempre m'ha agradat remenar amb estris i eines, i a més tinc paciència. Així doncs, en poca estona vaig tenir enllestit un carnet del qual no resultaria fàcil descobrir la falsedat. O així m'ho pensava. De fet, el més important a l'hora de falsificar coses o de fer-se passar per un altre és la convicció amb què es fa. Molt més que no la qualitat de la falsificació. En això jo sempre he estat un expert.

A tall d'exemple, recordo que. un dia que no en tenia ni cinc vaig aconseguir d'entrar a l'estadi del Tottenham Hotspur fent-me passar pel germà d'un dels millors jugadors de l'època, Taffy O'Callaghan, en un derbi contra l'Arsenal. Cal dir que jo sóc una mica llargarut com ell, i això hi va ajudar. Amb tot, la clau va ser fer-me l'ofès quan el porter va dir que no em coneixia. «Que no coneix el germà de'n Taffy?», vaig etzibar-li, tot indignat. O aquell altre cop que amb la Vanessa ens vam colar a la llotja principal del teatre de Chelmsford, al comtat d'Essex, i quan ens van preguntar que hi fèiem, allí, vaig respondre que jo era el nou regidor d'esports del comtat i ens vam quedar tan amples. En canvi, tinc un amic que es posa tan nerviós quan intenta alguna cosa d'aquestes que crec que li barrarien el pas al palau de Buckingham encara que anés de bracet de la mare del rei mateixa. Són maneres de fer.

Bé, doncs, convençut que aquell cartronet em salvaria la vida, vaig decidir sortir al carrer a veure quin ambient s'hi respirava. Només de creuar el portal ja em vaig adonar que la ciutat no era la mateixa. L'ensopiment dels darrers dies havia donat pas a una activitat frenètica de gent anant amunt i avall. Els tramvies vermells —que em recordaven els de Londres— portaven passatgers penjant de tan plens que anaven, tot fent dringar les campanetes per avisar ciclistes i vianants que omplien els carrers. Després vaig saber que hi havia hagut molta gent amagada esperant l'entrada dels franquistes. Semblava com si haguessin sortit tots de cop. Es començaven a veure les persianes de les botigues aixecades. Els carrers, però, estaven molt bruts. Per les cantonades es veien fusells, cartutxeres i uniformes abandonats pels darrers fugitius. També hi havia restes de petites fogueres amb romanalles de papers cremats, segurament documents comprometedors.

Val a dir que a dintre de les botigues que ja havien obert s'hi veia molt poc gènere, però, no obstant això, els botiguers, amb els seus guardapols acabats de planxar, ordenaven amb cura el que tenien. S'havia acabat el malson de la guerra. Pel que es veia tothom en tenia moltes ganes.

Vaig decidir passar de llarg de l'Hotel Continental. No me la volia jugar, no fos cas que algú em reconegués. Vaig adreçar-me cap al Cafè Cèntric, molt a prop. Allí vaig poder llegir *La Vanguardia* del divendres dia 27 de gener del 1939.

La primera pàgina l'omplia un article només amb lletra, sense cap imatge, amb el següent titular: «*Barcelona para la España invicta de Franco*», amb el subtítol: «*En este momento histórico* LA VANGUARDIA *dice: ¡Presente!*». Cal dir que a sota de la capçalera del diari, que encara conservo, hi havia dues línies horitzontals paral·leles, dintre les quals es podia llegir:

«*Diario al servicio de España y del Generalísimo Franco*». En el text hi havia perles com aquesta: « ….*Simplemente la actitud de* LA VANGUARDIA *liberada ha de ser esta, por hoy: decir "»¡Presente!"*«. *Aquí está de nuevo el veterano diario para defender los postulados que han sido carne de su carne y entraña de su entraña, los añejos ideales eclipsados por esa ola de locura que lo ha envuelto todo durante los últimos treinta meses, por esa pesadilla horrenda de la que acaba de sacarnos con sin igual heroísmo el Ejército salvador de Franco. Tiempo habrá para volver sobre el pasado ignominioso. Ahora solo cabe en nuestro pecho el júbilo de la liberación y el deseo ardiente a España, a la España inmortal, a la España eterna, simbolizada por esa invicta bandera bicolor que ayer, con lágrimas en los ojos, vimos ondear los barceloneses sobre nuestras cabezas abatidas por tantos infortunios....».* L'article acaba amb un: «*¡Viva España!¡Arriba España!¡Viva el Generalísimo Franco!*». L'exemplar era d'un sol full doblegat en quatre pàgines, ja que, pel que es diu en el mateix article, els republicans abans de fugir havien destrossat la maquinària dels tallers. L'ambient del bar era si més no estrany. Per un cantó hi veies falangistes tibats com raves amb camises blaves i requetès inflats amb boines vermelles, competint entre ells a veure qui era més pinxo. Però, per l'altre, hi havia gent amb posat tranquil, llegint, o conversant en veu baixa. Era el segon cop que hi anava i de fet l'atmosfera del primer cop que hi vaig ser, només d'arribar a la ciutat, no tenia res a veure amb ara. Aleshores hi havia una barreja de militants de partits, periodistes nacionals i estrangers, dones d'aspecte dubtós, i totes les converses giraven al voltant dels rumors sobre la caiguda de Barcelona.

Vaig estar-m'hi una bona estona parant l'orella tant com vaig poder, mentre aprofitava per fer un mos, fins que vaig decidir marxar per no aixecar sospites.

Aquell cop els comentaris giraven tots sobre com s'havia produït l'entrada dels rebels a la ciutat, sobre els escassos enfrontaments armats que hi va haver, sobre l'eufòrica acollida dels barcelonins a les tropes de Franco, desfilant per carrers i avingudes, sobre com anirien les coses a partir d'ara... Es podia dir que tenia material de sobres per fer un bon article, però hi havia una cosa que havia de fer abans de res. Era divendres i havia de trucar a la meva estimada. Vaig comprar-me *La Vanguardia* en un quiosc —era l'únic diari que hi havia— i vaig adreçar-me al locutori de la plaça Catalunya per posar una conferència. Després d'una llarga estona d'espera i d'alguns intents fallits, vaig poder sentir la seva veu.

—Hola

—Voldria parlar amb la senyoreta Vanessa.

—Un moment, sisplau —va dir una veu anònima.

—Hola, qui demana?

—Estimada, sóc jo —vaig dir amb un deix d'emoció—. Escolta, parlem ràpid que això es pot tallar en qualsevol moment.

—Michael, com estàs? Ja m'he assabentat que han entrat les tropes rebels. Què penses fer? —Només de sentir-la un sisè sentit em va dir que alguna cosa no rutllava, no era la veu càlida i amable de sempre.

—Doncs què vols que faci? Escriure, que per això he vingut —vaig dir una mica nerviós.

—Molt bé, molt bé, però vés amb compte.

—Vanessa, que passa alguna cosa? —No vaig poder esperar més a dir-ho.

—Michael...

—Digues, digues!

—S'ha acabat. Ho hem de deixar estar —Em va sorprendre l'aplom amb què ho va dir. La coneixia i vaig entendre que anava de debò.

—Però t'has tornat boja! Ja saps el que et dius! Què ha passat, explica't! —vaig començar a cridar.

—Escolta Michael —Va fer una pausa com per estar segura del que anava a dir—, resulta que m'he embolicat amb un home. Crec que el coneixes, és el secretari de la secció local del partit comunista. M'ha agafat molt fort. Molt fort. No t'ho pots ni imaginar, fins i tot m'he afiliat al partit.

—Estàs boja! —la vaig tallar cridant—. Molt fort en quatre dies! I totes les promeses d'amor, d'estar junts fins a la mort, de fer la revolució permanent plegats, on són ara? Tot per acabar amb aquest xitxarel·lo que l'únic que sap fer són reunions i més reunions per acabar dient que Stalin és un gran home. M'has traït a mi i al partit! Au, vés a prendre pel sac! Em sents! A prendre pel sac mala...

—Mira Michael —em va interrompre abans que acabés la frase —, no t'ho agafis tan a la valenta. T'ho he volgut dir jo mateixa, perquè no te n'assabentessis per tercers. En mi sempre tindràs...

—Gràcies pel detall —la vaig tallar—, ara ja te'n pots anar la merda!

—després de dir això vaig penjar amb tanta força que una mica més i trenco el telèfon.

Vaig sortir ràpid del locutori, no fos cas que haguessin «espiat» la conferència i em vinguessin a buscar, tot i que el fet de parlar en anglès entre ella i jo em tranquil·litzava una mica. Potser l'havien escoltat, però no entès. Em va venir a la memòria el que no es cansava de repetir la meva mare. «Michael, que aquesta noia només ve amb tu per promocionar-se dintre del partit, fes-me cas». No n'hi feia gens. I a les mares se'ls ha de fer cas, i més si són jueves. Vaig pensar que en aquell moment m'aniria molt bé parlar amb ella, però a casa no hi ha telèfon. Li hauria d'escriure una carta.

Vaig començar a caminar per carrers i carrerons tocant a la Rambla —que és la principal artèria que connecta la plaça Catalunya amb el moll— com un vaixell sense rumb. Tenia la sensació de ser un púgil dalt d'un quadrilàter a qui un ganxo inesperat d'esquerra del rival ha deixat a tocar el KO, les cames se li dobleguen, però ell continua fen tentines com un nen que aprèn a caminar, si cau no cau. Notava com allò anava amarant-me de dalt a baix, però no volia que tornés tan aviat, no feia ni un dia i ja hi tornàvem a ser. Li vaig maleir els ossos.

Al cap d'una estona de deambular vaig entrar en un bar de mala mort. Era fosc com una cova, ja que no hi havia llum a causa d'una tallada del subministrament. Només dues espelmes trencaven una mica la foscor, però amb les ombres que projectaven li donaven al local un aspecte fantasmagòric. Hi feia un fred que pelava. Vaig demanar una absenta. El cambrer, un homenet escarransit amb cara de pomes agres, em va mirar com volent dir: que d'hora que comença aquest a torrar-se... Després va deixar anar:

—Mira, noi, si vols anar tan fort a aquestes hores, t'hauràs d'esperar una mica. He hagut de tenir el bar tancat unes quantes setmanes per culpa d'aquesta merda de guerra i hauré d'anar al magatzem a veure què hi trobo —mentre acabava la frase va assenyalar una porta al fons del local.

No me'n vaig poder estar i li vagi respondre:

—De merda grossa la que us caurà ara al damunt, amb tota aquesta feixistada que ha arribat.

—Escolta'm bé, nano, se me'n refot si són feixistes, falangistes o de la mare que els va parir. L' únic que vull es tornar a treballar i a guanyar calés ràpid —es va abocar amb els colzes damunt la barra per acostar-se més a mi—. Saps com estan la meva dona i els meus tres fills? Doncs t'ho diré: morts de gana. Saps què vol dir, això? Potser no, perquè tu fas cara de no haver-ne passat ni mica, de gana. Així que deixa't d'hòsties.

La seva resposta contundent m'havia fet callar. De fet, només calia mirar-li la cara, la tenia tan xuclada que els ulls li sobresortien de forma exagerada, com si se li haguessin d'escapar. L'aspecte de la gent que passava pel carrer tampoc no enganyava, era evident que la gana i les privacions havien passat factura. Persones de totes les edats que semblaven tallades pel mateix patró: estaven molt primes —fins i tot se'n veien d'esquelèti-ques— i desprenien molta misèria. Anaven esparracades i brutes, mal calçades, sense afaitar els homes, amb els cabells llargs, plens de grenyes. Nos obstant això, a la cara se'ls notava un aire d'esperança. Se saludaven amb certa alegria i es paraven a xerrar per les cantonades, com si s'ha-guessin d'explicar moltes coses després de massa temps de no fer-ho.

Poc s'imaginaven que allò que els esperava podria ser igual o pitjor. Que en els temps de postguerra, que ja havien començat, continuarien passant gana amb l'agreujant que veurien alguns aparadors de botigues plens de queviures i de coses per a la casa, però sense ni un cèntim a la butxaca per comprar-los. Que només els qui tinguessin accés al mercat negre podrien menjar, i que la resta s'hauria de conformar amb les misèrrimes engrunes de les cartilles de racionament. Tot plegat ho explico en un article.

El cambrer va desaparèixer darrere la porta del magatzem a buscar la meva absenta, que segurament per a ell era un capritx de nen malcriat. No sabia que em feia falta com l'aire que respirava.

Al cap de poc, em va servir el licor de mala gana, com qui aboca menjar als porcs. No em vaig atrevir a demanar-li una cullereta amb una mica de sucre per cremar-lo dintre de la copa, tal com diu el ritual. Segurament no en tenia. Així que vaig estalviar-li la satisfacció que seguraament hauria estat per ell una negativa, gairebé segur acompanyada d'una altra filípica.

Ja estava a punt de demanar-ne una altra, quan va entrar un dona de bandera. Alta, morena, amb unes corbes que feien venir mareig. Es va asseure en un tamboret amb una elegància i una classe que no s'esqueien en aquell tuguri. La llum de les espelmes li acaronava el rostre com si li estigués fent moixetes. Tenia un ulls negríssims i uns pòmuls que semblaven cisellats per un escultor del Renaixement, el nas, amb una volada perfecta, senyorejava per damunt d'uns llavis sensuals; el serrell li queia sobre del front, tot donant-li un aire d'artista. Va demanar un conyac i es va treure una cigarreta d'un estoig daurat. Es va girar cap a mi. Sabia que no havia parat de mirar-la des que havia entrat. Va assenyalar la punta de la cigarreta amb l'índex de la mà esquerra, mentre em somreia de forma escandalosa. Volia foc, quan a tocar tenia la flama d'una espelma. Em va faltar temps per treure'm una capsa de mistos de la butxaca. Entre l'absenta, que ja començava a fer efecte, i els nervis del moment, se'm va vessar mitja capsa a terra. Em vaig atabalar i una mica més i tombo el tamboret. La dona va esclafir a riure en veure la meva matusseria. Finalment, amb penes i treballs, vaig aconseguir d'encendre-l'hi. El primer glop de fum que va treure, me'l va dirigir directament a la cara. No sabia si riure o fer-me l'ofès.

—No posis aquesta cara de babau home —va dir sense immutar-se—, agafa la copa i acosta't cap aquí, que enraonarem. N'he acabat farta d'estar-me tancada entre quatre parets en aquest barri infecte per por del rojos, sense veure pràcticament a ningú. Tinc ganes de xerrar, de xerrar molt, i també de fer altres coses —això darrer ho va deixar anar mentre feia una caiguda d'ulls amb les seves pestanyes llarguíssimes que a mi em va semblar més pròpia d'una actriu de Hollywood que no d'una dona espanyola.

Vaig fer-li cas a l'instant i vaig agafar el tamboret per posar-lo a tocar seu.

—Miri senyoreta, no sé quines són les seves intencions, però siguin quines siguin m'interessen, i molt —vaig deixar anar amb un to de convenciment total.

Sembla que la meva sortida li va agradar, perquè em va agafar la mà i me la va posar damunt la seva cuixa, com volent dir: doncs començarem per aquí. Aquell contacte inesperat va fer que m'excités de mala manera, sort que portava uns pantalons bastant amples, si no se m'hauria notat el bony des de fora el carrer.

—Saps què és haver d'estar-se enclaustrada en un pis de mala mort un dia i un altre? Només sortir el temps just de comprar quatre coses i tornar corrents cap a casa, per por de ser descoberta o denunciada per algun malparit? —Em deixa anar de sobte—. Sort en vaig tenir que de tant en tant me'n feia una, que si no... —Va fer un gest amb l'índex d'una mà desplaçant-lo de dreta a esquerra per dessota el nas mentre aspirava amb força.

Era evident que cada cop que obria la boca ho feia per deixar-me més i més astorat. Sóc un home de món, jo, però mai m'hi havia trobat, en una situació com aquella. Tenia la sensació que m'anava enredant en una xarxa, com si fos un peixet indefens. Però necessitava sortir a la superfície, abandonar la fossa marina on m'havia enfonsat.

—A mi m'agradaria molt fer-me'n una, també. He passat uns dies de molta tensió amb això de l'arribada dels nacionals i m'ajudaria a relaxar-me —vaig fer servir la paraula nacionals per no molestar-la, ja que quedava clar de quin bàndol era. La meva intenció era que em convidés al seu pis.

—Tu no est d'aquí, oi?

—No, sóc anglès i he vingut... —em vaig mossegar la llengua abans de continuar. La primera persona que em demana d'on sóc i ja la cago, vaig pensar. Ella va notar alguna cosa i va dir:

—Has vingut a...

—He vingut per estar amb vostè fins el dia del judici final, com a mínim! He vingut per fer-la feliç les 24 hores del dia, set dies a la set-

33

mana, 365 dies l'any! He vingut perquè junts creuem la frontera d'allò impossible per arribar a llocs difícils d'imaginar! Per això he vingut!

—L'absenta m'havia fet més efecte del que em pensava.

—Déu n'hi do! Apa, paga, anem i deixa de tractar-me de vostè. Fes el favor!

En pagar, l'home amb cara de pocs amics em va obsequiar amb una llambregada a mig camí entre l'odi i l'enveja, que em va deixar indiferent. Ni cinc de propina.

Vam sortir del bar agafats de bracet com si festegéssim o fóssim casats. Marxàvem amb pas ferm per dessota els llençols i la roba penjada 'en aquells carrerons tan sòrdids. Els nombrosos arreplegats que hi havia asseguts per les voreres i repenjats per les cantonades ens miraven amb curiositat. Algú va abocar des d'un balcó un orinal gairebé davant nostre, però res ni ningú ens aturaria.

Les hores que vam estar junts només tenen un adjectiu: inoblidables. Un esclat de passió voraginosa se'ns va endur molt enllà, molt més lluny que no m' hauria pogut imaginar mai. Quan semblava que el desfici amainava, ens esperonàvem mútuament per reprendre'l encara amb més força. Els nostres cossos no van estar ni un segon més d'un mil·límetre separats. Semblava que ens haguéssim fos en un sol cos sense solució de continuïtat. Fins i tot vaig tenir en algun moment la sensació que això passava.

Vaig sortir de casa seva a mig matí. La vaig deixar dormint, esgotada. Mai més no la vaig tornar a veure, ni en vaig saber res més.

Em explicar que havia estat l'amistançada d'un fabricant molt important que havia fugit per la guerra. Després es va embolicar amb un falangista que estava mig amagat fora de Barcelona per por dels rojos, que li passava diners perquè no li faltés de res i que s'havia instal·lat al Barri Xino —que és el malnom que rep el barri que toca a la Rambla— perquè, tot i el que podia semblar, era més segur que cap altre lloc. Però ja feia unes quantes setmanes que no tenia notícies del seu protector. Em va dir que l'endemà s'havia d'anar a trobar-se amb el fabricant, que ja havia tornat i la volia recuperar. Em va fer un regal: un bon pessic de cocaïna.

Vaig dirigir-me a peu cap a la pensió. Em va costar una mica orientar-me per aquell laberint de carrerons estrets i bruts que, malgrat ser dissabte, continuaven plens de gent i de criatures. Per curiositat vaig mirar el rètol del carrer on havia passat la nit que mai oblidaria, i em va sorprendre: «Carrer de Lancaster».

Vaig trobar curiós que, fins i tot aquí, la meva Anglaterra em seguís per tot arreu. També recordo que em va fer molta gràcia un cartell de propaganda enganxat en una paret que deia: «I tu què has fet per la Victòria?», en el qual es veia un soldat estès de bocaterrosa amb una ferida al front que rajava i deixava un bassal de sang entre l'home i el fusell tombat davant seu. El xicot, mig incorporat, assenyalava de forma amenaçadora l'espectador amb el dit índex de la mà dreta. El pòster el signaven la UGT (sindicat obrer) i l'inevitable PSUC. Em vaig haver d'aguantar el riure. Resulta que la dona que acabava de deixar dormint es deia Victòria.

Després de fer unes quantes voltes i de preguntar uns quants cops, vaig acabar sortint a la part baixa de la Rambla.

Vaig enfilar el passeig amunt i l'aire fred que bufava em va fer retornar a la realitat. De tant en tant passava algun vehicle ple fins dalt de gent que reia i saludava amb el braç enlaire. Em va venir al pensament la Vanessa. M'havia deixat per un altre. M'havia abandonat com a un gos i també havia abandonat la revolució permanent dels trotskistes per caure en braços de la burocràcia comunista. Però la nit que acabava de passar no l'oblidaria fàcilment. Una cosa tenia clara, si ella no m'hagués deixat, a hores d'ara no hauria descobert tot el que es pot amagar darrere d'una dona com aquella. Tot el que es pot arribar a experimentar en només unes hores. Per descomptat que *allò* s'havia esvaït totalment. Em trobava molt bé, una mica cansat però content.

En aquell moment vaig pensar que les realitats que construïm dintre nostre són, en gran mesura, fruit de les circumstàncies. Que la nostra capacitat de gaudir, de patir o de restar indiferent va íntimament lligada a tot el que desfila pel davant dels nostres ulls. A tot el que la vida ens ofereix o ens nega. A mi aleshores m'havia negat l'amor, però m'havia ofert la passió. Sortosament me l'havia ofert després, perquè si hagués estat a l'inrevés, no estic gens segur de quina hauria estat la meva reacció. De fet, tampoc no estic segur de si hauria arribat a passar mai. Possiblement no hauria entrat mai en aquell bar o, en el cas d'haver-ho fet, hauria encès la cigarreta de la dona i després hauria fet veure que allò no anava amb mi, tot i morir-me'n de ganes per dins.

Quan arribava a la plaça Catalunya vaig veure que passava alguna cosa, ja que des de lluny es veia una gran gentada. M'hi vaig acostar i vaig veure de què es tractava: s'estava celebrant un missa de campanya.

Al bell mig de la plaça hi havia un altar al voltant del qual es movien uns quants capellans vestits per a l'ocasió. Les cares de la gent no enganyaven. Escoltaven els oficis dels ministres de l'Església amb una devoció absoluta. En un moment de la cerimònia tothom es va agenollar, cosa que causava una certa impressió. M'imagino que per a aquella gent poder exterioritzar els sentiments religiosos sense por havia de ser com un alliberament de l'ànima que feia temps que esperaven.

A vegades em fan enveja les persones creients. Jo no crec en absolut ni en Déu, ni en la Verge, ni en l'Esperit Sant, però reconec que en moments difícils una oració pot ser com un bàlsam d'esperança, com una flama que t'escalfa el cor. Per als qui creuen, és clar. Amb tot, se'm fa difícil entendre com es pot ser catòlic veient com actua l'Església, sempre al costat dels poderosos i dels guanyadors, i ara donant suport incondicional als crims de Franco.

En acabar la missa, es va cantar un himne que algú em va dir que era el *Cara al sol*, amb una passió i un entusiasme dignes de millors causes. Després, centenars de soldats de l'exèrcit guanyador van desfilar, en mig d'una gernació que els aclamava a banda i banda, per una de les principals avingudes de la ciutat, el passeig de Gràcia. Van continuar amunt per dirigir-se cap al nord, i així seguir amb la seva avançada triomfal per la Catalunya derrotada.

Vaig decidir anar-me'n cap a la pensió a veure si podia posar ordre als meus pensaments. Les darreres hores havien estat plenes d'emocions. Necessitava reflexionar.

Capítol 4

28 DE GENER
Un home ric i de bon gust

AL XAMFRÀ DEL carrer de la pensió hi havia palplantat un home, com si estigués vigilant. M'hi vaig fixar perquè era sorprenentment prim, quasi transparent, però em va cridar l'atenció encara més l'extraordinària asimetria del seu rostre, semblava com si una meitat fos d'un home, i l'altra, d'una dona. Vaig passar pel seu davant i em va semblar que em mirava de cua d'ull.

Tan bon punt vaig creuar el portal de l'edifici, hi vaig veure un altre cop el porter. Em va causar una certa sorpresa, ja que el feia fugit, com els propietaris de la pensió i altres veïns. Era un individu més aviat baixet, amb la pell molt clara i amb uns ulls que semblaven de conill, o de rata, tant se val. No era home de gaires paraules. A mi fins aleshores amb prou feines m'havia dit «bon dia» i «»bona nit». M'imagino que si hagués hagut d'establir relacions de cortesia amb tots els hostes, no hauria donat l'abast —a més, els hostes de segur que l'hi agraïen, si més no jo mateix—. Però aquell dia vaig notar en el seu posat alguna cosa diferent. Efectivament, no em vaig equivocar gaire. Gairebé em va barrar el pas i amb una actitud força fatxenda em va fer una pregunta que em va sonar a interrogatori.

—On va, vostè?

—Doncs a la pensió, on si no? —vaig dir, tot volent aparentar tranquil·litat i exagerant el meu accent mexicà.

Abans de respondre'm em va mirar de dalt a baix, com si pensés «a mi no me la fots».

—Sí, sí, és clar, però resulta que a la pensió ja no hi ha ningú. Van marxar tots cap a França fa dos dies, de nit, com les rates —Això darrer ho va dir amb una gran dosi de mala bava. Vaig intuir ràpidament cap on anaven els trets.

—Sí, prou que ho sé. A mi també em van avisar, però jo els vaig dir que em quedava, que volia ser testimoni de la gran entrada triomfal dels nacionals. No m'ho podia perdre —Vaig veure com li canviava la cara—. Ho havia d'escriure per al meu diari. No m'ho haurien perdonat mai, que no els hagués enviat una crònica d'un dia tan important com aquest. Em pensava que vostè també se n'havia anat.

L'home va fer un gran sospir i em va agafar pel braç amb un gest de confiança.

—Miri, jove. Sap on era jo el dia que van marxar? Doncs l'hi diré. Estava amagat a dalt, al terrat, en un dipòsit d'aigua que abans havia buidat. Sabia que quan vinguessin els milicians amb el camió a recollir la gent, me les podia carregar si no volia marxar amb ells —Va fer que no amb l'índex de la mà estès—. No i no! Sóc falangista convençut i el meu lloc és aquest —Va fer la salutació feixista i es va posar a riure.

Vaig pensar que era el moment de guanyar-me'l definitivament.

—Doncs, entre nosaltres —vaig dir amb un to de complicitat—, resulta que jo és com si ho fos, de falangista. Sóc sinarquista. De Mèxic. I no s'esveri pel nom, que no té res a veure amb els anarquistes. Al contrari, els odiem amb ganes.

Em vaig treure el carnet de la butxaca i l'hi vaig mostrar. L'home va fer cara d'admiració i em va dir que a partir d'aleshores estava a la meva disposició per a qualsevol cosa que necessités. Es va apuntar el nom del carnet, Jorge Marín, perquè havia de passar una relació a les noves autoritats municipals de tothom que vivia a l'edifici, però em va dir que no em preocupés, que en qualsevol cas ell m'avalaria.

No me n'hauria pogut sortir millor!

L'ascensor seguia amb el seu descans, que ja semblava irremeiable, així que vaig haver de pujar a peu.

Només d'obrir la porta del pis vaig sentir la ràdio. Estava engegada. Com podia ser si en principi no hi havia d'haver ningú? En cas contrari, el porter m'ho hauria dit. Em vaig treure l'abric i la gorra, i quan anava a deixar-los al penjador que hi havia al rebedor, vaig observar que hi havia una levita, una bufanda blanca i un barret de copa penjats. Vaig notar una estranya sensació, barreja de por i de curiositat, i em vaig quedar parat al bell mig del passadís durant uns instants. De sobte vaig veure venir en Cruma corrent. La seva visió em va fer reaccionar i vaig pensar que si ell no tenia por jo tampoc no n'havia de tenir. Se'm va acostar i va començar a fregar-se entre les meves cames mentre miolava. Després d'uns moments de dubte, em vaig dirigir cap al menjador.

En obrir la porta vaig tenir una sorpresa, que no per esperada va deixar de ser-ho. Hi havia un home gran repapat en una de les butaques de l'estança —En Cruma es va posar darrere meu, com si es volgués protegir—. Tenia un nas prominent que li sobresortia del rostre de forma ostentosa. Malgrat l'edat que aparentava, encara tenia una forra de cabells considerable. Anava pentinat amb la ratlla al mig i tenia unes celles gruixudes i punxegudes.

Ara bé, el seu tret més singular era una barba blanca que gairebé arribava a tapar-li el llaç que portava en lloc de corbata. A la solapa esquerra de l'americana, de color gris marengo, hi portava un clavell vermell. La seva mirada em va impressionar. No seré capaç de descriure-la tal com era. Als seus ulls, d'un color incert, hi destacava una mena de vidriositat sorprenent, inquietant, com si tingués un mirall dintre les ninetes. En veure'm, l'home va apagar la ràdio i em va allargar la mà, tot dient:

—Sisplau, permeti'm que em presenti —va dir, parlant correctament l'anglès però amb accent estranger—, sóc un home amb riqueses i bon gust. Encantat de coneixe'l.

En aquell moment estava certament desconcertat, així que l'únic que em va sortir va ser:

—Doncs m'haureu de perdonar, però jo no ho sóc gens, de ric. I el meu bon gust és més que discutible —En adonar-me de la bajanada que acabava de dir, em va sortir una bona rialla—. Però qui dimonis sou vós? —vaig afegir, ja seriosament.

—M'agrada, vostè, jove —va dir mentre em repassava de dalt a baix—. Se'l veu valent com el rei David i llest com una guineu. Ho ha demostrat amb escreix durant els pocs dies que fa que és a Barcelona. I va, deixi de pensar en la Vanessa! Sap què diu un adagi grec: «Vagina nova, vagina bona», com ha pogut comprovar no fa gaire. I perdoni per ser tan directe, però vostè no ha de perdre el temps amb sentimentalismes petitburgesos. Sap per on vaig, oi? I per cert, dels cinc només en van morir dos, els altres estan malferits però segurament se'n sortiran. Però no pateixi, que no el culparan, que el xofer marxés l'endemà va ser providencial. Estigui tranquil.

Cosa estranya, no em va venir gens de nou que sabés que la Vanessa m'havia deixat, que havia conegut la Victòria i que havia disparat a un malparit. Aquell home feia tota la pinta de saber fins i tot el dia que es va crear l'univers. Però, on l'havia vist abans? No ho podia recordar. Em vaig adonar que portava un braçalet negre cosit a la màniga esquerra de l'americana.

—Veig que porteu dol. Se us ha mort algun ésser estimat? —vaig dir tot canviant de tàctica per veure si esbrinava alguna cosa.

Es va alçar i va començar a fer passes lentes amunt i avall del menjador amb les mans al darrere, tot mirant a terra com si rumiés. En aquell moment em vaig adonar que l'estufa estava apagada i, en canvi, a l'estança no hi feia gens de fred. L'habitació estava al bell mig del pis, donava al celobert i hi havia un sofà i una butaca de color beix, un bufet amb un mirall gastat i un trinxant de roure fosc amb una calaixera gran. El terra estava enrajolat amb unes peces força grans de color marró i les parets estaven pintades de color blau cel. Del centre del sostre penjava un llum amb quatre braços amb una bombeta cadascun, i hi havia alguns quadres de paisatges penjats a les parets.

—Assegui's i posi's còmode, Michael, que n'hi ha per estona —va deixar anar.

En fer-ho, en Cruma va saltar sobre la meva falda i 'va començar a mirar-lo fixament.

—Vós sabeu el meu nom, com no podria ser d'una altra manera. Ara, abans de continuar, jo vull saber el vostre —vaig dir amb certa exigència.

Ell va arquejar les celles i va dir:

—Miri, en tinc desenes i no en tinc cap, de nom. No sé si m'explico?

—Doncs, gens ni mica!

Va deixar anar una riallada que va ressonar per tota la casa. Fins i tot semblava que hi havia un eco que l'hagués allargat durant una estona. Les orelles d'en Cruma estaven del tot dretes.

—No s'esveri jove. Aviam si ens entenem. Jo he estat rondant molt de temps robant l'ànima i la fe religiosa a molts homes, sap? —Es va aturar davant meu i va prosseguir —: Si fes servir el meu nom veritable a tot arreu, a la majoria de llocs seria molt difícil de pronunciar i de recordar. Oi que sí? —En acabar la frase va continuar passejant.

—Doncs no ho sé, depèn de com sigui el nom. No veig per què no me'l podeu dir. Tinc bona memòria, jo —vaig dir-li amb la mosca al nas—. Pel que fa a la meva ànima i a la meva fe, no us hi escarrasseu, no crec en la primera ni en tinc gens de la segona.

—Miri, m'agrada que no es doni fàcilment per vençut. La Bíblia afirma que la clau és perseverar. Però farem una cosa: posi-me'l vostè, el nom. Això mateix. És una bona solució. Endavant! Ah! I no cal que m'ho recordi, que és ateu convençut, prou que ho sabia, però cregui'm: Déu existeix, l'hi puc ben assegurar.

Vaig pensar que no calia perdre més temps, i menys en discussions filosòfiques, ja que el que jo volia era conèixer la seva història. Per tant, vaig tirar pel dret.

—Mireu, ahir pel carrer vaig sentir un nom que em va cridar l'atenció: Met, que, com sabeu, en anglès vol dir *trobat*. Jo us he trobat, no? Què us sembla?

S'escurà la gola i respongué:

—Em sembla fantàstic. Necessito una mica de moderació. Curt i fàcil de dir. Bé, doncs, com li deia fa un moment, li he d'explicar moltes coses. Per davant seu desfilaran algunes de les pitjors atrocitats de la humanitat i veurà com la convicció religiosa fa que la maldat sigui més completa i entusiasta. Potser ja les sap —Va fer una pausa tot tocant-se la barba com si rumiés la continuació—. Interrompi'm si es així, però pensi que sempre es poden aprendre coses noves. Tingui.

Es va treure un cigar enorme de la butxaca de dalt de l'americana i me'l va oferir. Abans que jo pogués treure els mistos, el cigar ja estava encès —he de dir que sóc dels que només fumen quan em conviden—. Aquell home em continuava desconcertant. Vaig fer la primera calada i em va semblar que els àngels hi cantaven. No havia tastat mai abans una cosa tan bona, tot i que el gust no era exactament de tabac. En Met va continuar com si res.

—Resulta que, el 15 de juliol del 1099, els croats van entrar a Yerushalaim. Sap què és el primer que van fer? Doncs massacrar sense cap mena d'escrúpols la població musulmana i jueva que encara hi quedava en vida. Seguien consignes del papa Urbà II, que havia promès recompenses divines a tothom qui matés infidels. No n'hi volien cap, de no cristià —ja fos home, dona o nen—, a la ciutat. Però tampoc no volien que se sabés. Potser perquè un tal Yoshúa Ga-Nozri, que va morir allà, va dir: «Estimeu-vos els uns als altres com jo us he estimat».

—On és això de Yerushalaim? I qui era el tal Yoshúa? —vaig interrompre, tot i que m'imaginava la resposta. En fer-ho, em vaig adonar de com sonaven de diferents aquells noms pronunciats per mi o per ell. També em van començar a venir ganes de riure de ben bé no sabia què, i ho vaig fer. Però era un riure diferent, com si s'apoderés de mi sense control. Ell també va riure.

—Ah! Ah! És veritat, que vosaltres dieu Jerusalem i Jesús de Natzaret —va dir—. Bé, doncs, és clar que tallar tants colls que fins i tot les aigües es tenyeixin de vermell no és precisament cap prova d'amor al proïsme, sinó més aviat un exemple que la religió vol una fe sense qüestionar. Però es va acabar sabent. Està escrit i ben escrit. El meu bon amic Sibt Ibn al-Yawzi, entre altres, se'n va encarregar.

—Quiiiii? —gairebé vaig cridar.

—En Sibt Ibn al-Yawzi era un cronista de Damasc, que va ser l'autor d'una voluminosa història universal titulada *Miraat az-zaman*, que vol dir *El mirall del temps*. Un nom bonic, oi? Vostès, els periodistes, com els cronistes d'aleshores, han de fer de miralls dels temps i de l'espai. Han d'oposar la llum a les tenebres, la transparència a l'opacitat —va dir mirant-me fixament.

En aquell moment el paisatge que hi havia pintat en un quadre del menjador es va tornar una muralla de pedra blanquinosa, amb una gran porta tancada flanquejada per dues torres amb merlets. Dalt de les torres i davant la porta hi havia soldats armats amb llances. Assegut en un pedrís del davant hi era jo, amb un turbant al cap, escrivint. De dintre de la muralla sortien crits esgarrifosos, com si fos un escorxador. Estava desconcertat.

—Heu dit que era amic vostre? —vaig preguntar.

En veure la meva cara de sorpresa es va aturar un moment, va fer un gest teatral obrint els dos braços, tot dibuixant un cercle a l'aire, i va dir:

—Tinc amics arreu del món, jo. Arreu del món i en totes les èpoques. Ha, ha!

No sabia què pensar. Em prenia el pèl? Ho estava somiant? La veritat és que m'havia quedat clavat a la butaca, era incapaç de moure un dit. Només tenia esma per continuar aspirant el fum del cigar.

—Bé, doncs seguim —va dir mentre tornava a passejar amunt i avall—. Tot i que Al-Nāsir Salāh ad-Dīn Yūsuf ibn Ayyūb —conegut aquí per Saladí i qualificat com el «diable sarraí» pels cristians— els va fer fora de Jerusalem, les croades van continuar fins ben entrat el segle XIII. Amb tot, sempre hi va haver algú que va deixar testimoni escrit de les barbaritats comeses en nom de Déu.

—I en nom d'Al·là també, no? O què me'n diu del genocidi armeni? Ha, ha.

Un altre cop el maleït riure.

—Sí, sí, és clar, però ara no ve al cas i ens allargaríem massa. Ja en parlarem d'aquí a unes quantes dècades des de Kabul —va dir arrufant el nas.

Encara no sabia si era un dement, un farsant o un espia soviètic —després vaig descobrir que no era cap d'aquestes tres coses—, però a partir d'aleshores vaig decidir que no l'interrompria més. L'home ric i de bon gust va continuar.

—Bé, i ara li vull explicar la història d'Isaac Nakhmades, un jurista jueu de Girona que va ser acusat d'heretgia per la Santa Inquisició Espanyola. El seu pecat va ser el d'haver dit, en privat, que no creia que Jesús hagués existit mai i que la Bíblia era una invenció dels cristians. Però, sabent-ho o no, estava trastocant els orígens del catolicisme, encoratjant les filosofies de la sospita. Algú el va delatar i des que el van agafar fins que el van cremar a la foguera va patir un calvari —Es va aturar en sec i va restar callat uns instants, després va continuar—: bé, potser la paraula *calvari* en aquest cas pot sonar a broma. Diguem que el van torturar violant constantment la llei natural.

«En una masmorra fosca, freda, humida i plena de rates, el van lligar de panxa enlaire a una taula amb correteges de cuir i van posar en marxa un pèndol suspès del sostre, al qual anava subjecta una dalla en forma de mitja lluna de deu pams de llargària, que li apuntava directament al pit. Cada dia el pèndol estava una mica més baix, més a prop del pit. El van tenir uns quants dies així, sense gairebé menjar ni beure. Va arribar un moment en què la dalla va començar a esberlar la seva carn. El pèndol anava i tornava sense parar —aleshores en Met va començar a moure el braç esquerre, tot imitant el moviment del pèndol—. Anava i tornava! Anava i tornava! I cada cop arrencava un trosset de pell, de carn, d'os, de venes, de nervis. Els crits se sentien ben enllà.

»Però, heus ací que l'home no va voler renegar de la seva afirmació, i quan ja estava convertit en un *ecce homo* —Es va tornar a aturar i va dir—: una altra expressió poc adient».

Després va continuar:

—Bé, doncs, quan ja era a les acaballes, se'l van emportar i el van cremar a la foguera davant una multitud que xisclava i cridava tant o més que ell.

En aquell moment la meva ment m'havia transportat de ple a l'Espanya del segle xv. Jo també hi era, entre aquella gentada embogida, i també cridava com un possés. Calia dissimular per poder veure amb detall aquella barrabassada, aquell crim horrorós. No em perdia ni un sol detall de tot plegat, ho desava a la memòria perquè sabia que després ho havia de posar negre sobre blanc.

No entenia què m'estava passant, però volia continuar escoltant. I l'home va seguir:

—I tot això ho sabem gràcies a Reginaldus Gonzalvus Montanus, pseudònim d'Antonio del Corro, un teòleg protestant espanyol exiliat als Països Baixos. Era molt bona persona —En Met va parar el seu anar amunt i avall. Em va mirar, se'm va acostar i va començar a fer uns moviments ràpids amb les mans d'esquerra a dreta, de dalt a baix, com si fes un truc de màgia. També bufava amb força contra el meu cos, fent cercles amb el cap.

—No! No! Atureu-vos! —vaig cridar.

Per un moment em vaig pensar que em volia sotmetre a algun encanteri. En veure que no era així, vaig esclafir a riure.

—Així m'agrada. Sé que el desconcerta la naturalesa del meu joc, però ja que m'ha trobat, tingui una mica de cortesia, una mica de simpatia i una mica de bon gust.

—D'acord —vaig dir.

—Ha sentit a parlar d'un frare que es deia Bartomeu Casaus, més conegut com a Bartolomé de las Casas?

—Doncs, la veritat, és que no.

—Va escriure la *Brevísima relación de la destrucción de las Indias*. Una crònica esfereïdora de la crueltat extrema dels colonitzadors espanyols a Amèrica. Sort que era *brevísima*, perquè si dura una mica més no queda ni un sol indígena viu. Després de llegir el llibre a ningú no li queda cap dubte que els espanyols vans ser excepcionalment cruels, intolerants, tirans, obscurantistes, ganduls, fanàtics, garrepes i traïdors. Només per posar-ne un exemple, a l'illa de l'actual Cuba gairebé van exterminar tots els aborígens. Sap que els feien capbussar a profunditats increïbles per agafar perles? Doncs, sí. Als infeliços els esclataven els pulmons com si fossin melons aixafats per elefants. I així els anaven eliminant d'un en un. També els feien treballar a les mines d'or de sol a sol, amb condicions d'esclavitud severa. Tot plegat beneït pels bisbes catòlics que vivien luxosament al palau de Santiago de Cuba. Va arribar un moment que van haver de repoblar l'illa amb esclaus negres, si volien continuar alimentant la seva immensa cobdícia. Dels indígenes taina i cibonei només van quedar les dones, fecundades a bastament, això sí.

En aquell moment em va agafar un atac sobtat de tos. Aquell cigar tan llarg m'estava passant factura. Tot i que encara en quedava una mica, el vaig apagar en un cendrer que tenia a prop. Si més no, m'evitaria el ridícul de *veure'm* disfressat amb un hàbit amb caputxa, sandàlies i un rosari penjant al coll.

—També el coneixíeu el tal Bertomau, Bartolo o com es digués? —vaig preguntar en to burleta.

—A veure Michael, el problema de la humanitat és que, malgrat Einstein, encara està ancorada en el corpus aristotèlic, en la immutabilitat de l'univers… i no! L'univers es pot expandir i, per tant, la tensió espai-temps actua sense cap constant cosmològica que la limiti —va fer una pausa i va continuar—. Doncs sí que el coneixia, es deia Bartomeu i era català, el que passa és que els castellans ho castellanitzen tot. Sense anar més lluny, el pobre Colom serà per sempre més recordat com a Colón. Bé, continuem. En Bartolomé o Bartomeu, com vulgui, era un home alt i prim, amb un nas estret i llarg. Tenia poc cabell, era gairebé calb. Els dits de les mans eren llarguíssims i feia anar la ploma amb una rapidesa increïble.

—I era molt bon home! —vaig dir amb un to encara més burleta que abans i sense haver entès res de l'embolic sobre l'univers.

—Igual que vostè, que també ho és molt, de bon home. Un tros de pa beneït, vaja.

—Depèn del que entengueu per bon home.

—Bé, ja en parlarem d'això —va deixar de moure's i em va mirar—. Així, crec que he satisfet amb escreix la seva curiositat de per què porto dol, no? Per totes les víctimes del fanatisme religiós que hi hagut i que hi haurà.

Em vaig alçar i em vaig plantar davant seu.

—Perdoneu mestre, per què no deixem de parlar-nos com desconeguts, ja que vós, perdó, vull dir tu, d'aquí a 500 anys diràs que ens coneixíem molt —vaig deixar anar una riallada—, i als coneguts se'ls parla de tu, oi? I més si són del mateix bàndol.

—N'estàs segur que som al mateix bàndol? —va dir mig rient—. Endavant, tutegem-nos, però no em diguis mai més «mestre», si no el vertader mestre —el que em fa anar amunt i avall— se'ns enfadarà. I no et pots ni arribar a imaginar com es posa quan s'enfada. Fa tremolar el cel i la terra. Sobretot el cel! Sobretot el cel! —això darrer ho va dir obrint els ulls de forma desmesurada.

—I qui se suposa que és aquest mestre, Llucifer?

Va riure i va dir:

—Mira, Michael, ara he de sortir per un assumpte urgent que reclama la meva presència. Tu vés preparant la teva màquina d'escriure, que aviat li faràs treure fum. Arreplega tot el paper que puguis. Descansa una mica i menja alguna cosa. Ens tornarem a veure aviat. I no oblidis que les paraules menen al coneixement. Per cert, encén l'estufa, que si no passaràs fred —va fer un gest d'acomiadament amb la mà i va sortir del menjador.

Vaig sentir com es tancava la porta del carrer. En Cruma l'havia seguit i no tornava. Vaig anar cap a la porta d'entrada i en Cruma no era enlloc. Em va agafar un cert neguit, només hauria faltat que se l'hagués endut. Vaig continuar cap a la cambra que donava al carrer. En entrar-hi, vaig veure el gat enfilat al marc de la finestra mirant cap a fora. M'hi vaig acostar i encara vaig tenir temps de veure en Met, amb la levita i el barret posats, com caminava ràpidament en direcció a mar. Per damunt del seu cap hi havia un ocell voletejant, que l'anava seguint. L'acompanyava un home molt prim. Hauria jurat que era el mateix que havia vist abans a la cantonada. Però, on havia vist abans en Met?, vaig pensar. De cop em va venir com un llamp: era a l'habitació privada del somni del Royal Albert Hall.

Capítol 5

28 DE GENER
Les quimeres d'un il·lús

DESPRÉS DE LA conversa amb en Met i després que ell marxés no se sap on, no vaig encendre l'estufa, tal com m'havia dit, ja que encara s'estava bé i calia estalviar les poques teies que quedaven. Però el seu primer consell sí que pensava seguir-lo, però no en el mateix ordre. Primer menjaria una mica i després descansaria, ja que de cop m'havia agafat molta gana. També vaig notar com a poc a poc m'estava marxant el trasbals que havia tingut durant la xerrada.

Vaig anar a buscar unes quantes patates, les vaig pelar i les vaig posar al foc. Però calia posar-hi un polsim de sal, per tant vaig obrir el rebost. No em podia creure el que estava veient. Una munió de queviures com mai no m'hauria pogut imaginar! Hi havia de tot: embotits, formatges de tota mena, llaunes de conserva, mantega, galetes, ous, fins i tot un pernil penjat per encetar i vi negre, i una cosa que vaig trobar que era un gran detall, un pot de vidre gran ple fins dalt de fulles de te. Decididament, en Met era un home ric i de bon gust.

Em vaig preparar un àpat esplèndid, ous ferrats inclosos. En Cruma també se'n va aprofitar, i es va menjar les restes. Després vaig decidir estirar-me una estona. El gat em va seguir i es va jeure al meu costat.

Em vaig despertar amb ganes de menjar-me el món. Volia començar a escriure tot el que havia vist des de l'entrada dels rebels. La màquina fidel m'esperava impertèrrita. Me la vaig endur cap a l'habitació que dóna al balcó. Era més alegre que la meva, i de passada podria veure l'ambient del carrer. Com que entre una cosa i l'altra ja s'havia fet fosc, vaig haver de posar una espelma damunt la taula que havia situat a tocar de la finestra, ja que amb el llum que penjava del sostre no m'hi veia prou. Tot a punt. En Cruma, com si esperés un senyal, va fer un bot i es va arraulir ben caragolat en un extrem del moble.

Només posar el primer full a la màquina, ja vaig sentir música celestial. El raaac, raaac del carrorodet em va sonar com la novena de Beethoven.

«El dia 26 de gener de 1939 passarà a la història com la més gran derrota de Barcelona. La gran dama del Mediterrani, metàfora de la dona encisadora i fetillera, ciutat on fins fa poc convivien beats, capellans, guàrdies civils, sindicalistes, anarquistes, pistolers, gitanes i prostitutes en ple Barri Xino, inspiració de poetes i pintors, tot plegat se n'ha anat en orris per culpa de…».

Vaig parar perquè, tot i que anava embaladíssim, a la cambra hi feia força fred. Vaig pensar que si em feia un te, m'escalfaria una mica, ni que fos per dintre. Mentre n'estava fent bullir unes fulles va sonar el timbre de la porta del pis. No en vaig fer cas. Algú que s'equivocava, el porter què volia qui sap què… No podia perdre el temps en futileses. Ja estava a punt de servir-me la infusió quan el timbre va tornar a sonar amb insistència. Vaig canviar d'idea i vaig pensar que potser hauria d'obrir.

Abans de fer-ho vaig mirar per l'espiell i vaig veure una dona jove que es movia neguitosament. Vaig obrir.

—Per qui demana?—vaig dir

—Deixi'm entrar. L'hi prego —gairebé va suplicar.

—Però qui caram és, vostè?

—Deixi'm passar i tanqui la porta, sisplau. Si el porter em veu, se'm complicarà la vida.

La vaig fer entrar i vaig tancar.

—Bé, ara digui'm: qui és vostè?

—Li importaria que passéssim al menjador. Aquí a peu dret, no ho sé…

La dona em va mirar d'una manera que no vaig poder dir que no. Era una mirada franca, neta i alhora una mica espantada. Vaig fer un assentiment amb el cap i a ella li va faltar temps per dirigir-se de nord cap al menjador. Era evident que coneixia molt bé el camí. En entrar a l'estança darrere seu, em vaig adonar que calia encendre l'estufa. També m'havia adonat, en el curt trajecte que hi ha del rebedor al menjador, de les boniques corbes que se li insinuaven dessota l'abric.

Un cop l'estufa va començar a tirar, es va treure l'abric i vaig comprovar que la meva imaginació no m'havia enganyat. Tenia un cos atractiu, amb uns malucs prominents, però ni poc ni molt, la mida justa. Una cintura estreta i uns pits ben posicionats, que li aportaven una silueta perfecta. A més, tenia unes cames molt ben tornejades i uns ullassos verds que enamoraven. Però, el que més ressaltava era una esplèndida cabellera rinxolada de color negre atzabeja. Era el que jo en dic una dona de bellesa contundent.

Sembla que es va adonar de la meva admiració, ja que de seguida em va deixar clar que era la dona del germà petit de la senyora Assumpta, la seva cunyada, vaja, i que havia vingut per veure si al pis quedava alguna cosa del seu home que el pogués comprometre, ja que de solter hi vivia. Em va explicar que havia estat amagada al seu domicili durant dos dies, fins aleshores, i que sabia que tots havien marxat cap a França. Ella vivia a tocar de la pensió i, en veure llum al pis, va decidir jugar-se-la, tot aprofitant un descuit del porter. No sabia qui hi trobaria, però en sentir el meu accent estranger va pensar que no seria cap falangista, tot i que confiava que no fos alemany o italià.

—No es preocupi, ni una cosa ni l'altra, sóc una cosa pitjor, sóc anglès —vaig dir, com volent treure ferro a l'assumpte.

L'acudit li va fer gràcia i va somriure deixant entreveure una dentadura blanquíssima enmig d'uns llavis perfectes. La meva admiració anava en augment.

—I vostè, què hi fa aquí, si es pot saber? —va dir.

Només d'acabar la frase va començar a tossir de mala manera, amb una tos seca que espantava. Li vaig oferir una tassa de te ben calent, que va acceptar de bon grat. Mentrestant, em vaig rumiar la resposta. Aquella dona m'agradava molt.

—Que què hi faig aquí? Em creurà si li dic que he vingut atret per la fama de guapes que tenen les espanyoles?

—En primer lloc, li diré que no m'ho crec, i en segon lloc, li diré que jo sóc catalana, no pas espanyola.

—I quina diferència hi ha?

—Doncs la mateixa que hi ha entre un anglès i un escocès, i que no és pas que un porti pantalons i l'altre faldilles —va dir mig rient.

Em vaig adonar que no estava davant d'una persona qualsevol. A partir d'aleshores aniria més amb compte amb els meus comentaris.

Després de deaixar-li clar el que hi estava fent, a Barcelona, la noia, que va dir que es deia Margarida, em va estar explicant durant una llarga estona, en la qual no va parar de tossir, que el seu marit, en Moisès, poc després de començar la guerra s'havia allistat voluntari a la columna Macià-Companys. L'home, com ella, militaven al Partit Català Proletari, que en començar el conflicte es va integrar al PSUC, que s'acabava de crear. Ella, tot i tenir molts dubtes, va acceptat la unificació, cosa que ell no, ja que creia que no era el millor camí per assolir la independència de Catalunya, objectiu principal del partit. A partir d'aleshores havia començat el distanciament entre la parella. Per això va decidir marxar al front. Segons li va dir ell: «La distància posarà les coses al seu lloc, o quan torni, si torno, ja mai més ens separarem, o a partir d'aleshores cadascú pel seu costat».

De moment no havia tornat. Sabien que estava destinat a l'Exèrcit de l'Ebre, i que el més probable era que hagués caigut presoner o fos mort, ja que des de l'octubre passat no n'havien sabut res més. Déu n'hi do, la paradoxa! Jo, un acèrrim enemic dels estalinistes, i per tant del PSUC, captivat per una militant. Per sort no li havia comentat la meva adscripció trotskista. Curiosament un no sé què m'havia dit, mentre li explicava qui era, que, almenys de moment, no calia descobrir tots els meus trumfos. L'havia encertat.

—Bé, jo he trobat unes cartes en una calaixera, que crec recordar que eren d'un tal Moisès —vaig dir amb l'esperança que això servís per millorar la relació.

La Margarida va obrir uns ulls com unes taronges i es va aixecar d'un bot. Jo vaig restar assegut per gaudir durant uns moments d'una nova perspectiva de la seva figura. Ella se'n va adonar.

—Pensa ensenyar-me-les o no? I no es preocupi que demà li portaré un retrat meu —va dir amb un somriure una mica forçat.

Em vaig aixecar de cop i la vaig acompanyar a la cambra on les havia deixat. Hi feia un fred que pelava. Va començar a tossir encara amb més força. Li vaig lliurar les cartes i em vaig retirar discretament a un racó de l'estança. Les va repassar una per una i va començar a llegir la que segurament devia ser la rebuda en darrer lloc. Estava tremolant de fred i li queien les llàgrimes. Vaig tenir un fort desig d'abraçar-la, però em vaig contenir. El fet d'estar amb ella en una habitació amb un llit m'havia trasbalsat força, així que me la vaig endur cap al menjador abans que passés alguna cosa de la qual m'hagués de penedir. Li vaig preparar un altre te ben carregat.

A mesura que s'anava prenent la infusió, anava retornant i se li va calmar una mica la tos. Li vaig oferir unes quantes galetes i formatge, que es va menjar de gust. A continuació va tornar a reprendre la lectura de la carta. Li vaig demanar que ho fes en veu alta, des del començament, i que la traduís a l'espanyol. Eem mira una estona sense dir res, i entreveig com dintre seu alguna cosa està lluitant contra alguna altra cosa. Però em fa cas, i comença a llegir amb veu suau i serena. Em va dir que la carta anava adreçada al pare d'en Moisès, que era en Siset.

La Bisbal de Falset, 23 d'octubre
Estimat pare, quan estem estirats sense fer res, ens arriba de tant en tant el tritlleig d'una campana, vés a saber de quin poblet...
Del territori enemic, és clar, ja que en el nostre no ha quedat cap

campanar dret; però quina companyia que ens fa! Estic content: he somiat amb la Guideta. Voleu creure que encara no hi havia somiat mai? Llàstima que era tan incoherent, aquell somni; però la veia molt bé, que em somreia i tenia els ulls brillants de llàgrimes; els seus ulls de criatura crèdula i entenimentada...

En aquell moment es va parar un moment i va sanglotar. En veure que la mirava es va refer i va continuar.

I aquest matí de diumenge, sentint el so llunyà de la campana d'algun poblet, estirat sota un pi i prenent el sol tan madur de mitjans d'octubre, m'he posat a pensar que podríem ser tan feliços ella, jo i els nens que vindrien, en aquest racó de món... ¿Per què no? Amb una vaca i unes quantes cabres, ben lluny de tothom; ¡que ens deixin tranquils d'una vegada! El tritlleig de la campana anònima es confonia a moments amb les esquelles dels bestiar i jo anava pensant que tot seria tan bonic si fos ben senzill.

«Ben senzill, ben senzill», va repetir, com si s'estigués referint a la més inabastable de les utopies.

Però ja ho han pensat tants d'altres abans que jo i ho pensaran tants després... Tot tan bonic si fos ben senzill... Hauríem de començar per ser senzills nosaltres; hauríem de començar per ser massissos com les estàtues, sense tota aquesta repugnant complicació que traginem per dintre sense saber-ho.

Les oliveres i els ametllers desolats del poble sembla que esperin que això s'acabi per tornar a donar fruits. Però resulta agradable trobar-se en aquesta comarca distinta, trobar-se encara amb la natura vivent —o sigui morent—. Trobar que la fronda s'ha tornat groguenca o vermellosa, que la tardor ho treballa tot per dins, que el bosc s'ha omplert sobtadament de bolets. L'assistent me'n cull un cove cada dia; ens els mengem a la brasa.

Arribats a aquest punt va fer una pausa i em va preguntar.

—A vostè li agraden els bolets, Michael?

Em va sorprendre que s'enrecordés del meu nom, que li havia dit ja feia una estona.

—Doncs no ho sé, ja que no els he tastat mai, ni tan sols sé com són—vaig respondre.

—Doncs no sap el que es perd. Donaria el que no tinc per uns quants rovellons a la brasa —va aclucar els ulls i va inspirar fondo—. Segur que vol que continuï? —va reblar.

Li vaig dir que, com a periodista, m'interessava molt el que estava sentint, quan en realitat el meu interès anava més per una altra banda: conèixer qui s'amagava rere l'home que havia aconseguit robar-li el cor a una dona com aquella. Al seu costat totes les que havia conegut jo —inclosa la Vanessa— no eren sinó pàl·lides ombres que llanguien en el meu record. Ella va continuar.

Una vegada fins em va dur unes bresques de mel, d'abelles salvatges; va arribar amb la cara i les mans espantosament inflades, però em va assegurar que no sentia res: es veu que, en passar d'una certa quantitat, les fiblades deixen de ser doloroses. La mel era un xic amarga, però boníssima. Tenim unes altres postres encara millors: els raïms de les vinyes de la «terra de ningú», abandonades, que s'han tornat panses i són dolcíssimes.

El nostre pas pel bosc aixeca volades de tords i d'aquella mena d'ocells que tenen el bec encreuat d'una forma tan extravagant, crec que en diuen trencapinyes. A gran altura passen els voltors en direcció a la vall del riu Montsant, camp de les passades batalles; ells no deuen notar cap diferència entre un camp de batalla i una «bruitera». A tanta o més altura que ells veiem les cigonyes, que comencen a emigrar cap al sud. Són les primeres que emigren, l'avançada de l'hivern.

La vaig interrompre. La meva curiositat no podia esperar.

—A què es dedica el seu home quan no hi ha guerra?

Un cop feta la pregunta em va semblar un pèl frívola, però ella no s'ho va prendre malament.

—Va estudiar dret, però vol ser editor. I dic vol ser perquè de moment s'ha guanyat la vida amb feines relacionades amb el món editorial, corrector, il·lustrador, agent literari…, perquè els porta a la sang, els llibres. També escriu, però diu que no és prou bo perquè l'hi publiquin. Jo penso que sí, que sí que és bo, però és molt tossut i exigent. Massa!

Fins i tot en això em portava avantatge, vaig pensar. Perquè de gent que escrigui n'hi ha molta i molt bona, però de gent que sàpiga ensumar una bona obra ja no n'hi ha tanta. Quantes novel·les que es mereixerien ser reconegudes no han acabat, en el millor dels casos, com a càrrega feixuga en els carros dels drapaires, perquè ningú no ha apostat de veritat per elles! Quant de talent que s'ha esllanguit darrere les tecles d'una màquina que un dia gris ha deixat de teclejar! I no sols això, sinó els consells que un bon editor sap donar als autors, que moltes vegades, encegats pel seu ego enorme, són incapaços de veure que la glòria d'una obra, per bona que els sembli, és sempre incerta. Un bon editor és capaç de canviar el final d'una novel·la i fer que l'autor l'hi acabi graint. La Margarida va continuar amb la lectura de la carta.

Ja veieu quina existència més tranquil·la després d'aquelles setmanes d'al·lucinació. A les nits no parem de mirar el cel, i l'espai interestel·lar no deixa de glaçar-me de terror: un espai buit, fred més enllà de l'imaginable, eternament tenebrós, incomprensible teló de fons de l'univers. Però la visió del cel de nit ens asserena, ens acompanya en una espera que esdevé gairebé insuportable. Sabem que no trigaran gaire a fer l'ofensiva que podria ser la definitiva, però nosaltres estem disposats a resistir fins que no puguem més. I no patiu per mi, que tinc la sort del meu costat.

Cuideu-vos molt, una forta abraçada i molts records a l'Assumpta i en Quim.

Us estima,
Moisès

En acabar de llegir, va plegar la carta i la va tornar a ficar dins el sobre.

—Si el seu home considera que no sap escriure prou bé, cal que li digui que si aplica el mateix nivell en la seva futura feina, segurament n'editarà pocs, de llibres —vaig dir com si hagués fet un descobriment.

Li va fer gràcia, però no hi va donar importància. Segurament ella ho sabia millor que jo.

A continuació em va preguntar si havia trobat alguna cosa més, ja que li preocupava que, fos el que fos, acabés en mans dels rebels. Resulta, tal com em va explicar, que havia escoltat per la ràdio que els franquistes havien organitzat el Servei de Recuperació de la Documentació, que passava per les cases per recollir tot el que arrepleguessin dels «rojos»: carnets, cartes, documents diversos…

—I vostè, no té por, amb el seu historial? —vaig preguntar.

—I és clar que en tinc! Ja li he dit que he estat dos dies amagada a casa, però hi ha una cosa a favor meu: tot i la meva militància, mai no he tingut el carnet de cap partit. Els partits d'esquerres són una mica desastres per a aquestes coses —va riure.

—Doncs per què estava neguitosa quan ha arribat?

—El porter.

—El porter?

—Sí, sap de quin peu calço. Estic segura que, si em veu, li faltarà temps per denunciar-me. És més dolent que el fred tardà.

—La mare que el va parir. Feixista de merda —vaig exclamar.

—Però, no es pensi, no és l'únic que em coneix al barri. Amb tot, encara no sabem com aniran les coses, potser faran els ulls grossos, vés a saber.

Em sorprenia la tranquil·litat d'aquella dona. Una altra al seu lloc estaria més espantada que un talp a ple sol.

—I no ha pensat a marxar?

—Sense saber on és en Moisès? Ni parlar-ne —va dir amb una contundència aclaparadora—. La carta que he llegit conté algunes de les seves darreres notícies. Jo en vaig rebre una datada pocs dies després. Des d'aleshores, res de res.

De fet, ja m'esperava la resposta, però no amb aquella seguretat. Emportar-me-la nord enllà, fer-li sentir aires de llibertat, obrir-la a nous horitzons… Tot plegat, quimeres d'il·lús.

Vaig observar com la Margarida es quedava pensativa de cop. Va tornar a tossir, quan feia una estona que havia deixat de fer-ho.

—Què li passa? —vaig preguntar.

Va trigar una mica a respondre.

—Resulta que el lloguer del pis va a nom del meu home. Em fa por que el propietari, que no és precisament una bona persona, que diguem, aprofiti l'ocasió per fer-me'n fora. No puc demostrar que és viu, i això pot ser suficient per desnonar-me. No sé on aniré. La meva família viu a València i jo no em vull moure d'aquí —va fer una pausa —. Com a mínim fins que no tingui notícies d'en Moisès.

—Però això seria una injustícia!

Només d'acabar la frase em vaig adonar de la gran bajanada que acabava de dir. Sorprendre'm perquè un règim que ha fet de les injustícies la seva raó de ser, que ha bastit el seu edifici corcat damunt els fonaments d'una enorme mentida, que ha convertit un país ple de vida, i per tant de contradiccions, en un immens cementiri, fa fora una dona indefensa d'un pis. Vaig reaccionar de pressa.

—Miri, aquí sobra lloc. No sé de qui és el pis, però de moment no ha aparegut ningú reclamant-lo —vaig dir esperançat.

Vaig observar-la tot evitant violentar-la amb una mirada massa insistent. La noia va fer un gest de dubte.

—El pis es propietat del meu sogre, en Siset, però el porter…

Vaig aprofitar aquell moment de dubte per ampliar els meus arguments.

—El porter el tinc de la meva part. El vaig enganyar fent-me passar per un feixista mexicà. Ja me'n cuidaré que no la delati.

En aquell moment vaig pensar que la cosa ja estava prou madura per fer l'assalt final, i la vaig mirar fixament als ulls.

—I una cosa que m'agradaria dir-li...

Ella em va tallar en sec.

—No, no la digui! No la digui! —va tocar-se els cabells i va continuar—. Gràcies per l'oferiment, però de moment me'n tornaré a casa. Ja veurem. Ara que he de sortir, em preocupa el porter. Ja li he dit que coneix la meva trajectòria política i que, si em veu, li faltarà temps per denunciar-me.

En tota la conversa no li havia fet esment en cap moment d'en Met. Em feia por que em prengués per boig o bé que s'espantés. Tampoc no tenia clar si havia existit mai o eren deliris meus pels efectes de la gran quantitat de cocaïna que m'havia entaforat la nit abans. Però una cosa era clara: el rebost era ple a vessar i al cendrer hi havia restes del cigar. Sabia que, si tornava, seria capaç de trobar la solució perquè la Margarida pogués sortir sense problemes. O bé tornant cec el porter o bé fent-la invisible o qualsevol altra cosa que s'escapés dels límits naturals. Així que vaig voler guanyar temps.

—Margarida, quedi's una mica més, com més trigui a marxar més possibilitats hi ha que el porter no la vegi —vaig dir amb un to tranquil·litzador.

Va semblar que la convencia.

—Per què no engega la ràdio a veure si sentim les notícies —va contestar—. Per cert, a partir d'ara em pot dir Guideta, que és com em diu tothom.

Allò em va semblar una mostra de confiança considerable. Vaig connectar l'aparell i, al cap d'uns instants, el llum que indicava l'establiment de la sintonia, l'ull màgic, va resplendir amb un verd intens per damunt del dial. Durant uns minuts va sonar música espanyola, pasdobles, boleros i tota la pesca. Després, a les vuit en punt, una sintonia a mig camí entre la marxa militar i la sarsuela anunciava el butlletí de notícies. Una veu espanyola que em sonava estranya i engolada fora mida anava comentant l'actualitat: «L'avanç victoriós de les tropes nacionals per la regió catalana no troba cap oposició, ans al contrari, una multitud els rep sempre amb un entusiasme indescriptible, demostrant la gran alegria de sentir-se per fi lliures del jou marxista. Avui s'han alliberat les poblacions de...».

En aquell moment se'n va anar la llum.

La situació va esdevenir, si més no, incòmoda. Després d'uns moments de desconcert, em vaig alçar i vaig anar a buscar espelmes. Recordava haver-ne vist en uns calaixos de la cuina. Quan anava a les fosques pel corredor vaig ensopegar amb alguna cosa que es movia i vaig caure ben llarg. Vaig maleir els ossos d'en Cruma, però per sort no em vaig fer res. Vaig agafar un parell de candeles i les vaig posar damunt la taula del menjador. Les vaig encendre. Les onades suaus de llum que arribaven al rostre de Margarida la feien encara més bonica. L'anada i vinguda d'ombres li modelava les faccions com si fos una estàtua de la Grècia antiga. Volia que el temps s'aturés per poder recordar cadascun dels contorns de la seva cara. Potser no la tornaria a veure mai més. Afortunadament, o no, no ho sé, la vaig continuar veient.

Aleshores es va sentir com s'obria i es tancava la porta de l'entrada. Ens vam mirar. Ella amb cara de por i jo de circumstàncies. Quedava clar qui seria. Però jo també vaig tenir una sorpresa. En Met no venia sol. L'acompanyava l'home prim de la cantonada. Duia un vestit de quadres grocs i vermells, que contrastava de mala manera amb l'elegància de l'home ric de bon gust. De tan prim com era, semblava que els quadres del vestit fossin transparents. La corbata de color blanc feia contrast amb la camisa negra. La cara la tenia dividida en dues meitats, l'una d'home i l'altra de dona. I encara hi havia una altra cosa estranya: en Met portava un ocell que tenia una mica de cresta (després em vaig assabentar que era una mallerenga emplomallada) posat damunt de l'espatlla. De tant en tant cantava, com volen dir: jo també hi pinto alguna cosa, aquí.

Però el més sorprenent de tot plegat era que els vèiem com si hi hagués llum. Els il·luminava una resplendor que semblava venir d'ultratomba. Blanca, brillant, intensa. En Cruma es va arquejar tot ell i esbufegava de mala manera. En sentir la veu d'en Met, es va calmar.

—Ben trobades sigueu, criatures de Déu —va dir en espanyol—. Permeti'm que els presenti els meus fidels col·laboradors. D'una banda tenim en Januskoff —el nom li va posar l'Stalin, per allò del Déu de dues cares, i ja no l'ha abandonat—, capaç de les gestes més inversemblants i sempre guiat pel far de l'equitat en tots els seus judicis —l'home prim va fer una reverència teatral sense dir res.

—L'Stalin? —vaig dir, sorprès.

—Bé, estàvem rondant per Sant Petersburg el 1917 i ens vam conèixer. Gran persona, sí senyor.

Vaig estar a punt se saltar-li a la jugular, però vaig pensar que seria una provocació de les seves i vaig callar. En Januskoff va murmurar amb veu de tiple «...i Anastasia cridava en va». En Met va riure i va continuar.

—De l'altra, tenim la mallerenga Sephiroth, voladora incansable i de memòria prodigiosa.

La mallerenga ens va obsequiar amb una refilada de campionat. Després, i amb un català que a mi em va semblar prou correcte i que vaig entendre, va dir: «Estic encantada de poder-los conèixer». Ens vam quedar glaçats. En Met es va apressar a dir:

—La Sephiroth té una característica que la defineix: només sap parlar amb la llengua pròpia del lloc on és. Sabreu disculpar-la.

La Margarida em mirava atònita.

Capítol 6

28 DE GENER
De com fer tornar boig un porter

LA LLUM JA havia tornat. A la Margarida se la veia incòmoda. En Met se'n va adonar. Em va cridar a part i em va dir que li donés una estoneta de temps i que després la noia podria marxar tranquil·lament. Va dir alguna cosa a l'orella del seu ajudant. L'individu va sortir del pis com un llamp, després ell es va asseure en una butaca. La mallerenga s'havia posat dalt d'un braç del llum del sostre, segurament per apartar-se de l'abast d'en Cruma.

—Escolteu joves —va dir en Met—, ara us aniré relatant tot el que passarà aquí fora d'aquí a poc. No us esvereu per res del que sentiu ni m'interrompeu. Tot serà fet pel vostre bé.

La Margarida em va mirar amb cara de no entendre res.

Després d'uns instants de silenci, en Met, amb els ulls mig aclucats, va començar a parlar.

«En aquest moment el nostre home (es referia a en Januskoff) s'està presentant al porter. El saluda fent una reverència teatral, com la que ha fet suara però amb una petita diferència, s'ha quedat doblegat endavant sense moure's. El porter se'l queda mirant sense saber què fer. Ara s'hi acosta i l'agafa per ajudar-lo a incorporar-se. L'home posa una cara d'espant de mil dimonis. Resulta que en Janus —li dic així entre nosaltres—, s'ha canviat mitja cara, ara la té tota de dona, li ha crescut el cabell i llueix una cabellera rossa d'escàndol. I no sols això, sinó que el seu cos s'ha omplert de corbes per tot arreu, dintre d'un vestit llarg amb un escot important. Ara posa una cama, llarguíssima, damunt un esglaó, i el vestit li llisca cap avall i deixa al descobert una pell que sembla del millor vellut de fina que és. El porter s'està tornant vermell com un tomàquet i recula uns passos. En Janus el crida amb un gest provocatiu. L'home no es mou, sembla malfiar-se'n... i fa bé, ha, ha. Ara en Janus entra a l'ascensor i es comença a despullar fins a quedar completament nu. L'home no ho ha vist, ja que en Janus ho ha fet amb la porta tancada. Ara treu el vestit per la porta, el deixa a terra i diu amb veu melosa: "Au vinga, què esperes...?".

»El porter no sap què fer. Els seus ulls de rata o de conill, tant se val, ballen com dues baldufes anant amunt i avall, a dreta i esquerra, com

si volguessin trobar alguna cosa on aferrar-se, que li confirmi que ho
està somiant, que tot plegat no és rés més que un producte de la seva
imaginació, que potser el got de vi que s'ha pres a mitja tarda se li ha
posat malament, o que el paquet de tabac està passat i li ha fet veure
visions. Però només veuen el que veu cada dia del matí al vespre: l'escala;
les parets; el sostre; l'ascensor que no funciona. Però aquest cop sap que
a dintre hi ha una dona de bandera que l'espera. Torna a mirar un altre
cop a dreta i esquerra, a l'escala, a fora al carrer, on gairebé no passa ni
una ànima. No ha estat amb una dona des de fa força temps, va quedar
vidu ja fa anys i no freqüenta dones de la vida. Està força excitat. Ni ell
mateix se'n sap avenir, ja ho havia deixat córrer, això del sexe.

»L'home fa el senyal de la creu i es dirigeix cap a l'ascensor. Obre la
porta a poc a poc. S'ha fet un silenci espès. Un braç pelut com el d'un
os l'agafa i l'hi fa entrar d'una revolada. A dintre ja no hi ha la dona
d'upa, sinó un mico amb cara de persona, banyes i ales de ratpenat que
li ensenya uns ullals llarguíssims, mentre li regalima saliva per tot arreu.
El mico comença a cridar i a moure les ales com embogit. L'ascensor
comença a pujar. A dintre el porter està immòbil, afinat com un mort.
No es pot moure. El terror paralitza totes les seves cèl·lules. L'ascensor
continua pujant fins que arriba a l'últim pis. S'obre una porta del replà i
en surt una velleta. Està contenta perquè, per fi, podrà agafar l'ascensor.
Fa dies que no trepitja el carrer per no haver de pujar els sis pisos a peu.
Obre la porta. A dintre hi ha el porter tot sol. El monstre s'ha fet fonedís.
La dona, que hi veu poc i hi sent encara menys, el saluda com si res.
L'home li comença a explicar el que li ha passat. La dona va dient que sí
tota l'estona amb el cap, sense perdre mai el somriure. Quan arriben al
vestíbul, la vella surt i li diu que si veu el porter li digui que ha de parlar
amb ell perquè no té aigua corrent, a veure si pot mirar els dipòsits.

»El porter, amb cara de desesperat, se'n va corrent cap a dintre la por-
teria. Agafa el telèfon i truca a la policia. Diu que han de venir corrents i
de pressa perquè li ha passat una cosa molt estranya. Li pregunten quina
cosa és. No sap què respondre. Es fa un embolic monumental amb la
dona, el mico, l'ascensor, la vella… Penja. Està a punt de plorar. Es pren
una mica d'aigua del Carme per refer-se. S'està refent. Se'n torna a servir
un got. Encén una cigarreta i torna a omplir-se el got.

»Per la porta entren dos policies uniformats. Són de la mateixa estatura.
Tots dos porten el mateix bigotet ridícul plantat sobre unes cares rodones,
com de lluna plena. Semblen germans, gairebé bessons. Es dirigeixen
cap a la porteria, on hi ha el porter assegut. L'ampolla d'aigua del Carme

està completament buida. El fum de tabac fa l'atmosfera irrespirable. Els dos uniformats piquen els vidres de la porta. L'home té un ensurt. És vol aixecar però el cap li roda. Se'ls mira i veu quatre policies iguals. Aconsegueix aixecar-se com pot. No sap per on començar. Opta per explicar l'aparició de la dona rossa primer. Un dels agents inspecciona l'estança. Gira de cap per avall l'ampolla d'aigua del Carme per comprovar que no en queda ni una gota. Fa una rialla. L'altre fa veure que pren nota del que li diu el porter. Se li escapa el riure per sota el nas. De sobte, a fora, se sent un soroll fortíssim. Surten tots tres cap al vestíbul. En una paret lateral es veu la imatge d'una gran orquestra formada per més de 150 músics i dirigida per un home de cabells llargs i blancs i amb una gran barba. Un tenor vestit de Mephisto, que porta una barbeta retallada i és força calb, està interpretant una ària de l'òpera *Faust*. És *La ronda del vedell d'or*. La imatge sembla una projecció de cinema, però en tres dimensions. Un dels policies, després de dubtar una mica, entra cap a dins de la imatge. Està passejant entre els músics i es dirigeix cap al director. Li demana la documentació. El director, sense deixar de dirigir amb una mà, amb l'altra es treu un document del regne de Prússia. El policia llegeix el nom: Karl Marx. L'agent li diu que d'acord, que pot continuar, però que a partir de les deu s'ha de fer silenci. Torna enrere. Ara l'hi explica al seu company. Aquest reacciona de forma violenta. Li està recriminant que no hagi detingut el director. Es treu les manilles i es dirigeix cap a ell quan, de sobte, tota l'orquestra s'esvaeix com per obra del diable. El policia es queda amb un pam de nas, desconcertat. Se sent un soroll i l'ascensor es posa en marxa i comença a pujar. Arriba a dalt i es para. S'obren les portes i torna a baixar. Arriba a baix i les portes es tornen a obrir i de dintre la caixa en surt en Janus amb cos de dona i vestit de *vedette* de revista. Porta moltes plomes i poca roba. Comença a moure's com si es busqués alguna cosa per tot el cos, per exemple una puça, amb unes contorsions plenes de sensualitat. A cada moviment va quedant més despullada, ja que va fent fora les poques peces de roba que porta. Els tres homes estan bocabadats, garratibats i esparverats. Es miren entre ells, però molt ràpid, cap es vol perdre gaire temps el cos espectacular de la dona. De sobte, el policia que sembla més seriós reacciona i, amb una veu marcial, ordena que ja n'hi ha prou de mirar. Es torna a treure les manilles amb la intenció clara de detenir la *vedette*. En Janus diu: "No es preocupi, que si no vol no em veurà més".

»Ara entra en escena un nou personatge: un corb que vola per damunt dels caps dels presents. Tots se'l miren entre estranyats i atemorits. No sembla que dugui gaire bones intencions. Efectivament. Es llança en picat contra la cara de l'agent més seriós i amb una picotejada ultraràpida li lleva l'ull dret de la conca. El porta travessat pel bec i el va a deixar dintre el got amb el qual feia poc el porter es bevia l'aigua del Carme. L'agent està gemegant de valent. La sang li brolla a dojo per la conca buida. El corb torna i li treu l'altre ull, i el torna a deixar al got. L'home està entrant en un estat de xoc, xiscla com un possés. El seu company es treu la pistola i comença a disparar contra l'ocell, que es fa fonedís. Ara se'n va cap a la porteria i despenja el telèfon. Per la conversa sembla que estigui parlant amb un superior. Està molt nerviós i no s'explica gens bé. Li dóna l'adreça de l'edifici. Penja. Els ulls el miren des de dintre el got. Mentrestant, en Janus es fica dintre l'ascensor i el fa pujar. El porter s'ha convertit en un convidat de pedra. No es mou, gairebé ni respira.

»De lluny se sent una sirena que es va apropant. Els fars d'un cotxe militar il·luminen l'entrada. Baixen soldats armats amb fusells i un capità els dóna ordres d'ocupar tot l'edifici. Alguns comencen a pujar escales amunt, mentre el policia s'emporta el desgraciat company que ja no veurà mai més la llum del sol. El capità interroga el porter, que en prou feines pot parlar. De dalt de l'edifici arriba una cridòria que posa nerviós el militar. Se sent l'ascensor que baixa un altre cop. Arriba a baix i no en surt ningú. Els de dintre no poden obrir la porta. Se sent un tret que surt de la caixa de l'ascensor. Els soldats que hi ha a fora apunten directament contra l'artefacte. La caixa de l'ascensor s'il·lumina de cop amb una llum extraordinàriament intensa. A través dels vidres fumats de les portes s'endevinen unes figures imprecises. El capità no ho dubta i ordena disparar. La tropa, mot nerviosa, cus a trets la caixa de fusta, que queda com un colador. Per sota la porta, encara tancada, comença a brollar sang que s'estén pel marbre blanc del terra. S'ha fet un silenci embafador. Tots els soldats estan mirant al seu cap, com esperant una nova ordre. Arriba. Ordena a un caporal que obri la porta. En fer-ho, el xicot queda colgat de cossos sense vida, que havien quedat drets atrapats en aquell taüt circumstancial. Són els quatre companys seus que havien pujat a dalt.

»Al capità li agafa un atac d'ira. Comença a maleir a tort i a dret. Es treu la pistola i comença a disparar al sostre. El llum es despenja i cau a terra amb una gran trencadissa de vidres. Li queden tres homes. En fa pujar a dos a l'ascensor, i ell i el caporal pugen per les escales. Quan arriben a dalt de tot, no hi troben ningú. Truquen a les portes del replà i ningú no contesta. Es preparen per rebentar els panys. Quan estan a punt de disparar, se sent un soroll i una porta del replà queda entreoberta. Entren al pis amb molta cautela. Està tot fosc. Al final del corredor hi veuen una figura d'una dona gran amb viso, que es mou amb unes contorsions espasmòdiques exagerades i que crida coses que no es poden reproduir. El capità no s'ho pensa. Es treu la pistola, la carrega, apunta i, quan vol disparar, ja no la veu. S'ha fet un silenci inquietant. Els quatre homes comencen a avançar pel passadís lentament. De cop apareix una munió de ratpenats que volen fent cercles pel damunt dels caps de la patrulla, amb una cridòria eixordadora. Els homes disparen a tort i a dret sense tocar-ne mai cap. Sembla com si les bales els travessessin sense fer-los res. Els ratpenats se'n va tots junts per la porta, que en sortir l'últim es tanca sola de cop. La dona del viso torna a aparèixer i es dirigeix cap al grup proferint insults i improperis de gran calibre. La seva actitud és del tot amenaçadora. Li disparen però han esgotat el carregadors. No surt ni una bala. El grup comença a recular. Sembla que tenen molta por. Els soldats s'ajunten darrere el capità, que intenta aparentar tranquil·litat. La dona els està acorralant cap a la porta. Ja no poden recular més. Li llancen els fusells a sobre però ella els esquiva tots, mentre riu d'una manera grotesca. El capità s'hi abraona i quan la vol escanyar només troba aire entre les mans. S'ha dissolt completament.

»Surten del pis a una velocitat increïble cap al replà. Senten el porter que els crida pel forat de l'escala perquè baixin, els diu que la *vedette* ha tornat i que els espera. Amb certa precaució es fiquen tots quatre dintre l'ascensor. Pitgen el botó de la planta baixa. L'ascensor no baixa. Comença a moure's però en direcció contraria, és a dir, cap amunt. Els homes criden plens de pànic, però el giny continua pujant i pujant. Ja ha travessat la teulada de l'edifici i continua la seva marxa ascendent a una velocitat considerable. Aviat es perdrà de vista, rumb als estels.

»El porter es desespera. Veu que no baixa ningú. La *vedette* ha tocat el dos. L'home agafa el got amb els dos glòbuls oculars i se'n va a peu carrer avall».

En Met va obrir els ulls i ens va mirar a veure quina cara fèiem. La veritat és que jo no em veia la meva, però la de la Margarida sí. Estava ben espantada. En Met es va apressar a dir:

—No es preocupi més pel porter, el tancaran al manicomi i trigarà molt a sortir-ne. I quan surti l'últim lloc on tindrà ganes de tornar serà aquí.

—Digui'm que no és cert tot el que ens ha explicat —va deixar anar la noia.

—I que no han sentit els trets i els crits des d'aquí estant?

La veritat era que sí, que ho havíem sentit tot.

Llavors va entrar en Januskoff, amb l'aparença normal —si és que la seva pinta es podia qualificar d'aquesta manera—, i es va asseure ben escarxofat en una butaca. En Met es va treure un havà i l'hi va donar tot dient:

—Té noi, te l'has guanyat.

Capítol 7

29 DE GENER
La veritat és de qui l'escriu

—NO ET PREOCUPIS noi, tornarà, tornarà —va dir-me en Met per tot bon dia, arrepapat en una butaca del menjador. La Margarida se n'havia anat cap a casa seva la nit anterior, després de comprovar que, efectivament, el porter ja no hi era. Aquell dimoni d'home em llegia la cara com si fos un llibre obert.

—Té, *La Vanguardia*. L'ha anat a comprar en Janus mentre encara dormies. Mira la darrera pàgina —va dir-me mentre m'allargava el diari. Vaig començar a llegir-la i vaig veure una noticia que em va cridar l'atenció. Deia, resumint, que en un edifici del carrer Claris hi havia hagut un tiroteig entre forces de l'ordre i quatre malfactors, els quals havien mort. Afegia que durant la batussa un agent havia resultat ferit als ulls, però que s'estava recuperant. Cap referència a la resta de la patrulla.

—No m'ho puc creure!

—El periodistes construïu la realitat, més que no pas reflectir-la —va dir.

—Això no és periodisme, és una mentida més grossa que el palau de Buckingham —vaig contestar indignat (el millor de tot plegat va ser que em vaig guardar l'exemplar i quan me'l vaig remirar al cap d'uns dies no vaig trobar la notícia per enlloc: un altre truc d'en Met).

—Michael, tu no ho vas veure! Tu em creus a mi i no al diari. I per què ho fas? T'ho diré jo mateix. Perquè t'ho vols creure. No vols donar cap crèdit a un diari controlat pels franquistes. No obstant, a mi me'l dones sense ni tan sols saber com em dic de veritat, ni qui sóc, ni què pretenc...

—I què pretens? —el vaig tallar

—Què pretenc, què pretenc? Bona pregunta —es va tocar la barba—. Que creïs una realitat diferent de la que s'està afanyant a crear el franquisme. Recorda que tu mateix vas dir que d'aquí cinc-cents anys jo parlaria bé de tu, com d'en Bartolomé i la resta.

—I jo et vaig dir que potser no sóc tan bon home com et penses —vaig dir mig rient.

—Si fas el que has de fer ho seràs, de bon home, si més no per a mi.

—I què haig de fer? —vaig dir, tot i que ja sabia la resposta.

—Escriure com ho van fer els teus predecessors. Ells van explicar les atrocitats comeses en nom de Déu. El franquisme es postula a si mateix com una croada per salvar la pàtria d'ateus i separatistes, i per conduir-la un altre cop pel camí de Déu. Es tracta d'imposar la redempció moral pel terror. Saps quina és la ideologia d'en Franco? Doncs no és ni el feixisme, ni el falangisme, ni el nacionalsocialisme, no. És el *liquidacionisme*, és a dir, liquidar tothom que no pensi com ell. Què me'n dius?

M'estava estrenyent el setge amb certa categoria. De fet, jo m'ho estava deixant fer sense oposar-hi gaire resistència. Podia haver-li dit que els dos primers cronistes que m'havia esmentat no em mereixien gaire credibilitat, ja que segurament un era visceralment anticristià, i l'altre visceralment anticatòlic. I que no m'estranyaria gens que en Bartolomé fos un jueu convers ressentit i amb ganes de protagonisme, però no ho vaig fer. Jo no sóc anticristià, ni tan sols anticatòlic, però si que sóc visceralment antifeixista. I ell ho sap. I segurament també sap, perquè ho sap tot, que em moro de ganes d'escriure. Però el que també li volia fer saber és que no pensava entrar en segons quin joc.

—Mira Met, jo he vingut aquí per explicar la realitat, i la realitat es corromp amb la mentida —vaig dir amb posat seriós.

—La realitat es com un mirall trencat, tots en tenim un bocí. El que compta és que la història pertany a qui l'escriu —en Met va adoptar el to pedagògic que tant semblava agradar-li. No volia que li digués mestre, però es comportava com a tal—. Ja que som a Espanya, saps per què va començar la guerra entre Espanya i els Estats Units? Doncs t'ho diré, perquè els americans necessitaven una excusa. Volien Cuba tant sí com no, però no sabien com fer-ho. Finalment, van trobar la solució. El vaixell *Maine* va saltar pels aires i van morir centenars de mariners dels Estats Units. Mai no s'ha demostrat què va passar, però la premsa americana es va afanyar a publicar que havia estat un sabotatge espanyol. Ja tenien l'excusa que buscaven. Van declarar la guerra a Espanya, la van guanyar i ara ja tenen l'illa sota el seu control. Aquí tens el poder de la premsa! —va mirar-me fixament i va continuar—: Michael, tens una oportunitat única per explicar al món els horrors que estan passant a l'Espanya de Franco i tens en mi el millor aliat. Aprofita-t'ho!

—Però jo no vull informar de coses que no s'han demostrat.

—Mira, no em vinguis amb escrúpols ètics, ara. O és que quan vas explicar la luxúria de la noblesa anglesa al *Guardian* no vas fer cas de tot el que et va dir la *madame*? Segur que no vas espiar pel forat del pany per veure com fornicaven, oi que no? I quan a l'article que no vas poder enviar vas escriure sobre el pobre home a qui li havien matat el fill, sense pensar-t'ho ni poc ni molt vas posar en dubte que els assassins fossin de la FAI, malgrat que el pare ho assegurava! O quan afirmes sense embuts en un article al *El Nacional* de Mèxic que en Nin va ser assassinat pels comunistes, sense que ningú en tingui cap prova!

Com diuen els francesos, *touché*. Encara no sabia si en Met era un boig, un farsant o un espia soviètic —després vaig descobrir que no era cap de les tres coses—, però a partir d'aleshores vaig decidir que mai més no li qüestionaria res. L'home ric i de bon gust se'n va adonar, del meu astorament, i va voler tranquil·litzar-me.

—No et preocupis, a partir d'ara no et parlaré més del teu passat. A més, jo tampoc vull que escriguis mentides, perquè sempre s'acaben descobrint. Tranquil, que si el que t'amoïna es escriure *ex suppositione*, no ho faràs. Vull que expliquis la veritat i només la veritat, perquè és tan esfereïdora que segur que supera amb escreix qualsevol imaginació, per fèrtil que pugui ser —els seus ulls vidriosos se li van tornar quasi transparents—. Escriuràs coses que sense tu mai se sabrien o, en el millor dels casos, trigarien desenes d'anys a saber-se. En aquest cas, gràcies a la teva feina, no es complirà allò que la primera víctima de la guerra és la veritat.

No hi ha dubte que el somni de tot periodista és informar primer que ningú de coses importants. I si repassava la llista de punts febles que m'havia fet per sortir-me'n del meu repte informatiu, un d'ells era que no tenia ningú que em passés informació, el que en el nostre argot en diem una font informativa. El que passava era que aquell individu superava de llarg qualsevol expectativa, però no tenia on escollir. Així que vaig decidir deixar arrossegar-me pel corrent tempestuós que en aquells movents havia envaït la meva vida. De fet, ara amb la distància m'adono que si em va triar a mi no va ser per casualitat, sinó que va ser una elecció ben calculada.

—Bé, doncs, endavant —va dir en Met en veure que no li replicava—, abans que res jo sé que tu com a bon professional et vas documentar abans de venir a Barcelona, però és important que il·luminem amb un far ben potent les enormes zones d'ombra provocades per la impecable censura franquista, que han patit tants i tants companys teus. A més de la inevitable autocensura. Explicar la veritat del que passava a la zona rebel era poc menys que un suïcidi. Els únics que podien escriure amb llibertat eren els simpatitzants amb la seva causa, que eren capaços de dir que el general Franco era poc menys que una germaneta de la caritat, ple de bons sentiments cap al proïsme, i quedar-se tan amples.

—Conec el cas de periodistes britànics torturats i assassinats a la zona rebel. I tant! —vaig exclamar

—És clar que no volien en cap cas que s'expliqués la veritat de la repressió indiscriminada, que ja va començar des del principi de la guerra. Milers i milers de persones assassinades sense ni tan sols un simulacre de judici. A alguns se'ls va llençar en vida al mar des de penya-segats o des de ponts alts a profunds rius. A d'altres se'ls va afusellar contra la paret d'un cementiri o a la cuneta i se'ls va enterrar en fosses de poca profunditat allà on havien caigut, o se'ls va llançar als pous de mines abandonades, sense que les seves famílies sàpiguen del cert què els ha passat. I saps quin era el crim de molts d'aquests desgraciats? Doncs ser considerats crítics amb el cop militar; tenir algun parent que havia fugit; disposar d'un aparell de ràdio; o haver llegit els diaris liberals abans de la guerra —en Met estava embalat—. Saps què els van fer els senyorets andalusos als obrers agrícoles considerats rojos abans de matar-los? Els van obligar a cavar les seves pròpies tombes, i els cridaven: «No demanàveu terra? Doncs en tindreu; i per sempre!». El dia que va esclatar la guerra, un aristòcrata terratinent de la província de Salamanca va posar en fila els peons de la seva finca, en va escollir sis i els va matar d'un tret perquè allò els servís de lliçó. Per als franquistes, tots aquests homes són l'encarnació del mal i han de ser executats perquè no puguin transmetre el virus del comunisme als altres. Estan combatent una idea, i la idea és al cervell, i per matar-la han de matar l'home. Han de matar a tots els que tenen aquesta idea «roja» al cap. Han de matar, matar i matar. I continuaran fent-ho. Tant se val que la guerra estigui a punt d'acabar-se. Mataran durant anys i anys. Fins al final! —va fer una pausa per agafar aire—. Bé, doncs, m'imagino que estem d'acord que per escriure una bona història només hi ha dues possibilitats, fer-ho sobre allò que un ha viscut, o bé estar-ne tan amarat que sembli que els protagonistes t'ho xiuxiuegin a l'orella.

—Hi estic d'acord —vaig dir—. Si volia publicar el llibre, no podi negar-m'hi.

—Doncs això segon és el que farem.

—Bé, entesos, però ara deixa'm esmorzar una mica, que em moro de gana —vaig dir, rient.

—I tant! Agafa forces noi, que et faran falta.

Me'n vaig anar cap a la cuina i a dintre vaig trobar-m'hi en Januskoff fent uns ous ferrats. Hi havia una tauleta parada en un racó. No hi faltava cap detall: coberts, tovalló, setrilleres, pa, vi... L'inesperat cuiner em va fer un gest tot assenyalant la cadira que hi havia al costat de la taula. No m'ho vaig pensar dues vegades. Gairebé no havia desplegat el tovalló quan ja tenia els dos ous omplint el plat. L'estrany personatge va fer una reverència i va dir amb el seu espinguet: «Sempre al seu servei, *milord*». Això de *milord* em va fer certa gràcia, tenint en compte que, de noble anglès, jo, en tinc tant com de frare. La mallerenga, que s'estava a dalt del llum, em va desitjar bon profit, cosa que vaig entendre sense cap problema, per la semblança amb l'anglès de l'expressió. En Cruma havia aparegut atret pel menjar i s'estava als meus peus esperant la meva generositat. O això és el que em pensava. De sobte va fer un bot, es va enfilar a la taula i d'allà es va llançar de dret al llum, a veure si caçava la mallerenga. Li va anar d'un pèl. L'ocell va volar cap a la porta i va desaparèixer.

En Cruma es va quedar arraulit sota la taula. Havia fallat, però vaig pensar que ho tornaria a intentar, ja que li havia anat de poc, i és evident que els gats prefereixen carn i óssos tendres que no restes d'ou ferrat.

En Januskoff no en va fer ni de més ni de menys. Em va preparar un te ben carregat i em va oferir un cigar semblant al que m'havia ofert en Met. Em va dir que era de part del seu amo i que me'l fumés amb molta calma. Tan bon punt vaig començar les primeres calades, que se'm va aparèixer una imatge a la paret. Primer era borrosa i de mica en mica es va anar enfocant. Es veia una carretera molt llarga sota un cel boirós i ple de núvols d'un gris espantat. A banda i banda de la ruta hi havia una cua de persones que marxaven a peu, per les vores, sota el testimoni mut dels plàtans esfullats per l'hivern. Portaven a sobre maletes, paquets, sacs, bosses... Altres arrossegaven un carro mig desballestat i ple fins dalt de mobles, matalassos, gàbies d'aviram..., de tot. Molts es cobrien amb mantes. Semblava que fes molt fred. La majoria anaven mal calçats, amb espardenyes estireganyoses. Les herbes que creixien a les cunetes estaven amarades de gebrada. El contrast entre els colors foscos de les robes i la blancor dels marges era, si més no, xocant. Semblava una cua de formigues gegants avançant entre la neu. Hi havia de tot, homes, dones amb nens a coll, joves, vells que gairebé no s'aguantaven drets, soldats ferits que havien de ser ajudats per caminar... Tothom que podia anava molt carregat, amb les mans plenes de coses. N'hi havia que portaven els sacs al cap. La marxa era lenta, però no es deturava ni un moment. Les cares de la gent parlaven per si mateixes. Eren cares de derrota. Eren expressions plenes de misèria, fam, fred i por. En un cantó de la carretera hi havia un rètol en el qual es podia llegir: «Puigcerdà

80 km». En aquell moment no sabia on era Puigcerdà, però m'ho vaig imaginar sense equivocar-me: era el darrer poble abans de la frontera amb França. De tant en tant passava algun camió carregat fins a dalt de tot de gent, o algun cotxe, sempre en la mateixa direcció en què avançaven les fileres. Per a la gent que arrossegava la pena a peu, els vehicles era com si no existissin, ni sols els guaitaven. En la seva mirada només semblava cabre-hi la desesperança. De sobte es va sentir un soroll de motors que venia del cel. Eren dos avions de combat que, amb un vol rasant, atemorien els fugitius. Els pobres desgraciats es van estirar a terra fins que els aparells van desaparèixer en la llunyania.

Llavors vaig sentir ploure a través del celobert que donava a la cuina. Vaig veure com damunt la corrua de gent també començava a caure un xàfec considerable. Per si en tenia algun dubte, allò va ser suficient per acabar-me'n de convèncer: estava sent testimoni directe de l'exili cap a França de milers de republicans que s'escapaven dels vencedors. Per un moment em va semblar reconèixer la nena del tallat de cabells a la *garçon* que m'havia trobat feia uns dies. Després vaig veure que no ho era, ja que li faltava una cama i per caminar es recolzava en un bastó. Se'm van negar els ulls. Vaig apagar el cigar a l'instant.

Em vaig aixecar de la taula i vaig cridar tan fort com vaig poder: «La mare que us va arribar a parir, fills de la grandíssima puta! Així rebentéssiu ara mateix, malparits feixistes! En vaig matar un i si pogués us mataria a tots!».

En Januskoff i en Cruma em van mirar. L'un, com si allò fos l'expressió més normal del món; l'altre, amb les orelles dretes com pals.

Vaig anar-me'n cap a l'habitació on hi tenia la màquina d'escriure. Vaig mirar per la finestra. Pel carrer no hi havia ni una ànima. Plovia molt, i a més era diumenge. Vaig començar a teclejar el que havia vist. En Cruma es va posar al meu costat damunt la taula. Llavors va entrar en Met. Se'm va plantar al davant:

—Michael, no perdis el temps escrivint sobre el que has vit, sisplau.

—Per què perdo el temps? No havíem quedat que havia d'escriure molt? —vaig contestar amb insolència—. I si no, perquè m'ho has fet *veure*?

—La veritat és que em pensava que *veuries* una altra cosa; els cigars, ja ho saps, no sempre... —No va acabar la frase, va fer una pausa i va seguir—: A més, tot això ja ho explicaran amb detall els col·legues teus que tan bé coneixes i que ara mateix són a la frontera. Sense anar més lluny, hi ha en Herbert Matthees del *New York Times* i en William Hickey del *Daily Express*. Te'n recordes d'ells, no? Tu has d'escriure sobre el que passa aquí, a la zona franquista. T'ho he dit abans: si no ho escrius tu, no ho farà ningú.

—Però el que vist suara m'ha revoltat, i de quina manera —Em vaig aixecar i vaig fer fora en Cruma d'una revolada, que va deixar anar un marramau considerable.

—Michael, pensa una cosa. L'home es capaç de suportar sofriments increïbles. Tots aquests que has vit, els que sobrevisquin, és clar, d'aquí a poc temps —mesos, potser com a màxim un any—, estaran instal·lats, amb més o menys fortuna, en algun lloc o altre d'Europa o Amèrica, i alguns fins i tot tornaran. Trobaran feina o la crearan ells mateixos, molts es casaran i tindran descendència, que, en el millors dels casos, conservarà el rècord de l'odissea dels pares com una ensopegada, greu, això sí, però al cap i la fi una ensopegada en el camí de la vida. Res més.

—I tu què en saps, de patiments? No fas cara d'haver patit gaire, oi?

—Això és el que et penses! Nosaltres —va dir un nosaltres amb una contundència que em va sorprendre— venim d'un patiment etern, d'una malastruga infinita que no ens deixa viure en pau, d'una ignomínia sideral, còsmica. No et pots fer ni una idea de la dimensió terrorífica d'aquest sofriment, que ens rosega i ens consumeix per dins. A foc lent, sense pressa, amb nocturnitat i mala idea. Un sofriment que ens està fent molt de mal, als uns i als altres —em va assenyalar amb el dit.

La veritat és que no vaig entendre gaire per on anaven el trets, però en qualsevol cas semblava que parlava amb el cor. Amb tot, no em vaig deixar estovar.

—Sí, sí, però mentrestant nosaltres aquí, a aixopluc i calents com torrons, i ells xops, morts de fred i de gana, sota la pluja, abocats al destí bestial al qual els ha dut la guerra —vaig contraatacar—. Jo estic parlant d'un altre sofriment, d'aquell que mentre el pateixes no pots pensar en res més, en cap altra cosa que no sigui desitjar amb totes les forces que s'acabi d'una vegada. Les penes de l'esperit són molt respectables i sé molt bé del que parlo…

—Sí, sí d'*allò*, ja ho sé —em va interrompre.

—Doncs *allò* és poc, comparat amb altres coses que he vist, però no són de la mateixa naturalesa. Abans de res som carn i ossos, i necessitem menjar, dormir, abrigar-nos. M'han fet molta pena, molta, i tu no me'n fas gens, més aviat al contrari.

Va quedar-se uns moments callat i després, amb gran contundència, va dir:

—Fes servir la teva educació o destruiré la teva ànima. Ha! Ha!

—Quina mania amb les ànimes. Ja t'he dit que no en tinc, d'ànima.

—En tens, en tens, ja ho crec que en tens!

—Bé, doncs, queda-te-la! Te la regalo i no en parlem més! —vaig dir força molest.

—Gràcies Michael, no esperava menys de tu —Va fer una pausa i va continuar—: Què vols a canvi?

—L'amor de la Margarida!

Em va sortir de dins, com l'erupció d'un volcà que esclata amb tota la força de l'univers, continguda durant mil·lennis. Després d'haver-ho dit amb va agafar com una mena de por, d'inquietud estranya, que em va intranquil·litzar bastant. Semblava com si *allò*, pel sol fet de parlar-ne, tornés. Vaig decidir anar-me'n al carrer. Encara plovia, però volia mullar-me, volia sentir l'aigua damunt la meva pell, igual que els pobres infeliços que arrossegaven els peus nord enllà, cap a un destí incert.

Capítol 8

29 DE GENER
El diumenge que semblava trist

L'AMOR DE LA Margarida, l'amor de la Margarida. Aquesta idea s'havia apoderat de mi com la nit de la lluna. Dins meu hi havia alguna cosa que em deia que a la meva vida hi hauria un abans i un després d'haver-la conegut. Qualsevol intent de treure-li importància s'estavellava contra el mur de formigó dels meus pensaments. Només de pensar en ella m'amarava la passió, el desig, les ganes d'estar al seu costat. La seva imatge m'omplia tot el cervell i no quedava lloc per a res més.

Aquell diumenge al matí vaig sortir al carrer sense un rumb fix. Pels voltants de la pensió es veia poca gent. Vaig decidir enfilar en direcció al centre, on segurament hi deuria haver més animació. De sobte, vaig veure una colla de persones que s'amuntegaven al voltant d'alguna cosa, en una vorera. M'hi vaig atansar, com no podia ser d'altra manera. Em vaig obrir pas entre la gent. El que vaig veure em va deixar glaçat: un home molt alt estès de bocaterrosa, amb el crani mig esberlat, al costat d'un gran bassal de sang. La gent parlava i tothom hi deia la seva. Algunes dones ploraven en petits cercles.

La majoria dels comentaris eren en català, així que em costava força entendre el que deien, però del que no em quedava dubte era que es tractava d'un suïcidi i que l'home s'havia llençat des d'un balcó. Vaig preguntar a un home de mitjana edat si coneixia l'infortunat. Em va dir que sí, que era veí seu, que era vidu, que feia temps que estava trastocat perquè no sabia res del seu el fill i que el dia abans li havien confirmat que era mort. Em va venir un calfred que em va recórrer tota l'espinada.

Al cap d'uns minuts, va arribar la policia i una ambulància. Els agents van obrir pas de mala manera als sanitaris. Vaig aconseguir mantenir-me a la primera fila de badocs, no sense rebre alguna empenta i algun cop dels uniformats. Els homes van agafar el cadàver per capgirar-lo i poder-lo col·locar en una llitera. Vaig veure-li la cara. Era ell! Sí, l'home que havia conegut feia només tres dies al bar on servien xicoira.

L'expressió de la seva cara aquell dia no se m'ha esborrat mai més de la memòria. No la puc definir amb paraules, però sí el sentiment d'impotència i de ràbia que em va crear aquella visió. Quan semblava que m'estava recuperant del desassossec de feia una estona, m'havia trobat amb una de les pitjors escenes que he contemplat mai.

Vaig continuar Rambla avall, cap al Cafè Cèntric. Dels balcons dels edificis penjaven banderes bicolors, i en altres també flassades, cobrellits... Qualsevol cosa servia per celebrar la victòria. En alguns la bandera anava des de dalt del terrat fins gairebé a terra. Era força curiós el contrast que formaven les banderes amb els cartells amb consignes de la República i de la Generalitat —qualificades de «crosta repel·lent» per *La Vanguardia* que havia llegit feia poc— que encara es podien veure enganxats a les parets. Un contrast que no havia de durar gaire, ja que al cap de pocs dies brigades especials de neteja els van treure.

En arribar a la plaça Catalunya vaig veure una imatge que m'era familiar: s'estava celebrant altre cop una missa. Vaig pensar que a aquest pas acabarien convertint la plaça en una basílica. La diferència amb la del dia abans era que es veia més solemne. Semblava presidir-la tot un seguit d'autoritats civils i militars. Vaig aturar-me a badar una mica. La plaça estava plena de gent. N'hi havia molta que portava banderes, majoritàriament espanyoles, però també algunes amb el jou i les fletxes de la Falange, d'italianes, de nazis... Al cim dels edificis de Telefónica i de l'Hotel Colón, que flanquegen la plaça, onejaven sengles banderes bicolors enormes. En sonar l'himne espanyol interpretat per una banda de música, els homes es van descobrir i tothom va aixecar el braç enlaire, amb les cares plenes d'emoció. Es va fer un gran silenci. Jo vaig restar impassible. De sobte se'm van acostar un parell d'homes amb gavardina que semblava que no portaven gaires bones intencions. Efectivament, em van dir de mala manera que havia d'aixecar el braç. En principi m'hi vaig resistir amb arguments de poc pes, però el cop de puny que em va etzibar un d'ells al fetge em va fer canviar ràpidament d'opinió. Van marxar advertint-me que anés amb molt de compte de no abaixar-lo abans d'hora. Em sentia si més no ridícul, amb el braç aixecat, però no era qüestió de posar en perill la meva integritat física. Al cap de poc es va donar per finalitzada la missa i la gent es va anar dispersant. Quan em disposava a continuar el meu camí, una noia em va interpel·lar:

—Li fa mal, encara, el cop de puny? De fet, n'he vist de més forts.

—Doncs ja no, però aquests no van amb miraments, que diguem —vaig dir una mica sorprès i una mica escamat. Encara no sabia amb qui me les havia.

—D'on és vostè? —em va dir d'una manera que em va semblar excessivament directa. Vaig estar a punt d'esquivar-la amb una excusa qualsevol i tocar el dos, però un sisè sentit em va dir que no, que m'havia de quedar.

—De l'altra banda de l'Atlàntic, de Mèxic —vaig mentir.

—Hauria jurat que era anglès, amb aquest abric, aquesta gorra, els ulls clars...

—També en sóc una mica —La seva cara de secretaria complidora m'inspirava confiança, així que vaig decidir abaixar la guàrdia—. El meu pare ho és, d'anglès, i la meva mare és mexicana.

—Jo el parlo una mica, l'anglès —va dir, rient. I a continuació va deixar anar un parell de frases amb un accent més que acceptable—. I m'agradaria practicar-lo per millorar.

Li vaig contestar en anglès que si volia podíem continuar parlant, però que millor que anéssim a un lloc on poguéssim estar més còmodes. Li vaig proposar d'anar al Cafè Cèntric, i va acceptar. Però abans es va acomiadar d'una dona en alemany.

—També parla alemany? —vaig dir, encuriosit.

—Sí, i millor que l'anglès. Tan bé que abans-d'ahir em vaig anar a oferir al consolat alemany de Barcelona per treballar i m'han agafat. Estic molt contenta, tot i que avui hagi hagut de venir aquí a fer companyia a la que serà la meva cap, que per sort ja se n'ha volgut entornar cap a casa.

—Així, vostè no....

—De cap de les maneres —em va tallar—, tinc tant de franquista com de monja —va riure.

—I com sap que jo no ho sóc? —Només d'acabar la frase vaig veure per la seva expressió que la meva pregunta no havia estat afortunada.

—Sí, ja he vist l'entusiasme amb què aixecava el braç —tots dos vam esclafir a riure i vam marxar en direcció al bar. Ella em va agafar de bracet com si fóssim un matrimoni amb deu anys de casats. Un tímid sol d'hivern, que començava a treure el nas per darrere els núvols que ja semblaven tocar el dos, ens acaronava amb suavitat exquisida.

Ja dintre el bar, vam tenir la sort de poder trobar un parell de llocs en un sofà al costat d'una vidriera que donava al carrer. A fora es veia passar la gent mig encongida pel fred. Potser per l'hora o pel dia, al local no hi havia gaire parròquia. Durant el trajecte que havíem fet a peu, ja l'havia situat sobre qui era i què feia, sense dir ni una paraula d'en Met i companyia, per descomptat. No tenia cap ganes que em prengués per un sonat. La Caritat, que així és deia, tenia el que se'n diu una bellesa serena, amb ulls castanys i pell clara, que contrastava amb el cabells negríssims, llisos. I ja no era cap joveneta, trentejava. El cambrer ens va servir dos cafès ben calents, que ens van retornar del fred del carrer. Li vaig preguntar per les autoritats que presidien la missa i em va dir que eren el general Cap de l'Ocupació, Eliseo Álvarez-Arenas, i l'alcalde Miguel Mateu, a part de diversos caps militars i altres autoritats municipals i provincials. Després em va estar explicant que el consolat alemany era en una casa d'en Domènech i Montaner —pel que em va dir, un arquitecte força famós—, als jardinets de Gràcia, sobre el Cafè Vienès. Un cotxe de la Legió Còndor l'havia anat a buscar ahir a casa seva per començar el primer dia de feina.

El cònsol necessitava gent perquè el personal del consolat encara era gairebé tot a Burgos. Ella s'hauria d'encarregar de redactar les notes de premsa i de diverses qüestions de secretaria. En cap moment li van preguntar què havia fet durant la guerra.

—I que va fer durant la guerra? —vaig preguntar.

—Doncs, entre altres, coses vaig ser secretària de direcció en diversos documentals que va produir Laia Films, que depenia de la Generalitat.

—Pel seu bé, esperem que no l'hi preguntin mai —vaig dir mig rient.

— I si m'ho pregunten els diré una mentida. Diré que vaig estar amb vostè a Mèxic, en una illa quasi deserta del Carib, enamorats com tòtils i esperant que s'acabés la guerra per venir a veure la gran victòria del general Franco —va somriure, mentre em clavava una mirada que em va semblar força insinuant.

Tot i que parlàvem en anglès, vaig pensar que potser no era gaire prudent continuar enraonant d'aquelles coses en aquell lloc. A més, el local se n'anava omplint de mica en mica, i el més aconsellable era canviar d'aires. L'hi vaig proposar i vam decidir que ens pensaríem on anàvem tot baixant per la Rambla. En passar per davant de l'Hotel Continental, no vaig resistir la temptació de treure-hi el nas. M'exposava a ser reconegut, però me la vaig jugar. Sempre podia dir que es confonien de persona. Només creuar el llindar vaig veure que l'ambient no tenia res a veure amb el d'abans. Tota aquella parafernàlia de gent, periodistes, suposats espies, aventurers, dones de bandera... de feia només quatre dies, havia deixat pas a una grisor profunda. Persones de posat seriós i vestits clàssics entraven i sortien com si anessin a un enterrament. Per sort, els empleats eren tots diferents i et feien unes reverències impensables abans. Els «camarada» i «salut» havien deixat pas als «senyors» i «bon dia». Ens vam asseure en un menjador gairebé buit que donava a la Rambla presidit per un llum enorme del tipus aranya. La Caritat va continuar:

—No l'hi puc confirmar del tot, però sembla que avui ha d'arribar, si no ho ha fet ja, el ministre de la Governació, Serrano Suñer. Potser li interessaria fer-li una entrevista. Segur que ens visitarà al consolat. Deu estar molt content perquè en Hitler ahir va enviar un telegrama a en Franco felicitant-lo per la presa de Barcelona... Si vol...

—Perdoni, Caritat. Gràcies pel seu interès, però, abans de perdre el temps escoltant les mentides d'aquest mamarratxo infame prefereixo dedicar-lo a escriure sobre la veritat autèntica, valgui la redundància, del que està passant aquí.

—I d'on traurà la informació, si es pot saber?

—D'en..., daixonses... Encara no ho sé. Tinc algun contacte —Vaig estar a punt de vessar-la.

—Bé, si el puc ajudar, ja ho sap, pot comptar amb mi. A canvi només li demano que de tant en tant anem repetint aquestes classes. No tinc gaire clar com m'anirà això de treballar per a feixistes, i potser aviat em farà falta l'anglès.

—Per fer què?

—No ho sé, encara, però m'agradaria continuar en el món del cinema, ni que sigui traduint pel·lícules.

—Per què no s'exilia?

—Doncs perquè visc amb la meva mare que es viuda i no té a ningú més. I, a part, perquè em vull quedar. Si tothom marxa, què se'n farà d'aquest país? Des de dins també es podran fer coses. O això espero.

—I com és que ja en sap força, d'anglès?

—Doncs perquè n'havia estudiat una mica abans de la guerra i després em vaig embolicar amb un operador de càmera londinenc, que m'havia promès que ens casaríem quan s'acabés tot. De sobte no el vaig veure més i em vaig assabentar que se n'havia entornat a Londres al costat de la dona i els nens.

—Quin tros de cabró! —em va sortir de dins.

—Ja ho pot ben dir..., però era molt simpàtic —va riure.

—I per saber tan bé l'alemany es devia casar amb algun director de cinema de Berlín, com a mínim —vaig dir amb to sorneguer.

—No, home, no! El vaig estudiar a l'Escola Alemanya de ben joveneta.

Vaig pensar que el més prudent era donar per acabada la conversa, almenys per aquell dia, ja que una dona com ella no hauria trigat gaire a treure'm coses que, de moment, no volia revelar. Vaig inventar-me una excusa i vaig dir-li que un dia d'aquests preguntaria per ella al consolat un tal Jorge Marín, periodista mexicà, i que l'atengués millor que a ningú. Va entendre la broma i ens vam acomiadar. Vaig continuar Rambla avall. El sol cada cop treia més el nas i el terra del passeig esdevenia lluent com un mirall. L'aigua de la pluja s'anava assecant lentament.

La trobada amb la Caritat m'havia adreçat un dia que havia començat de la pitjor manera. Cada cop hi havia més gent pels carrers. Semblava que la vida continués com si no hagués passat res. Les ferides de la guerra, de grat o per força, no tenien cap altre destí que el d'anar cicatritzant de mica en mica. La lluita per la llibertat havia de deixar pas, de forma irremissible, a la lluita per la supervivència. Segurament que entre les files dels perdedors —els que havien tingut la sort de no anar a parar a la presó— anaven construint-se la seva pròpia presó particular, el seu exili interior, que els allunyava, ni que fos mentalment, del perill manifest de no semblar prou afectes al nou règim. La por, la desconfiança malaltissa, la rancúnia continguda, s'aniria instal·lant de manera irrevocable al cervell dels vençuts com una teranyina invisible, en la qual restarien atrapats els records per molt de temps.

A mesura que anava baixant, l'ambient es tornava diferent. Es veien força dones recolzades a les parets, fumant, xerrant entre elles i dient coses als homes que passaven. Feien cara de misèria, de molta misèria. De tant en tant alguna es perdia amb pas lleuger per algun carreró seguida per un home que procurava amagar la identitat abaixant el cap i mirant a terra. Una noia rossa, alta i molt prima, em va cridar, tot rient. Quan obria la boca es veia que li faltaven dues dents del mig, una a dalt i una altra a baix. De lluny semblava una màquina de fer entalles. La veritat és que em va fer gràcia.

—Hola guapo, vine cap aquí —va dir-me amb un accent que em va recordar el de les refugiades que havia conegut.

—Què vols?

—T'agradaria passar una estoneta amb mi?

—D'on ets, tu, si es pot saber?

La noia va fer un gest de desconfiança, segurament no s'esperava la pregunta i va malfiar-se'n.

—No pateixis dona, no en sóc, de policia, jo —vaig dir de forma amable—. I ara digue'm, d'on ets? Sóc periodista i m'agrada preguntar.

—Anem a un lloc tranquil i t'ho explicaré tot, amor, i et faré de tot. Només per dues pessetes.

Vaig fer-li entendre que era un periodista pobre i que només li n'hi podia donar una, de pesseta. La vaig seguir per carrerons estrets fins que vam arribar a un portal mig desballestat. Vam pujar per una escala rònega, plena d'humitats per tot arreu. La barana de ferro rovellat s'aguantava pels pèls, i no hi havia cap bombeta que fes ni una mica de llum. Em va agafar la mà, potser perquè no m'escapés abans d'hora. En arribar al segon pis, va trucar dos cops al timbre. Una dona de mitjana edat ens va obrir. Em va mirar de dalt a baix i va fer un gest amb el cap, com d'aprovació. Havia passat l'examen. Li va donar un parell de tovalloletes gastades, una palangana amb aigua i em va demanar unes monedes. Ens va assenyalar una habitació i em va tornar a mirar de dalt a baix.

En tancar la porta, la noia, lluny de la mirada de la *madame*, va fer-me un gest de menyspreu que sense cap dubte anava dirigit a la dona. La cambra era, si més no, depriment: un catre vell arraconat a la paret; un mirall gastat penjat a la paret contraria; un tauleta de fusta mig corcada; unes cortines brutes i arrugades, i unes parets de color rosa que feia anys que no es pintaven. Una bombeta de poques bugies penjant d'un cable era l'única llum que hi havia, que acabava de donar un aspecte extremadament sòrdid a tot plegat.

La noia va deixar la palangana damunt el moble i va començar a treure's la roba d'una manera mecànica, com seguint una rutina ben apresa.

Va començar per les sabates, que eren planes, segurament per no semblar encara més alta del que ja era. Es va descordar la faldilla, fent-se venir la part de darrera al davant amb molta rapidesa. La va deixar caure a terra i la va apartar amb una puntada de peu. Quedava clar que anava per feina. Després es va treure el jersei i una brusa, i va deixar al descobert uns pits petits però molt ben fets. No li calia sostenidor. Els mugrons vermell fosc contrastaven amb la pell claríssima. Finalment es va treure les mitges i les calces i es va quedar nua i palplantada davant meu.

—Ara et toca a tu

Em va sonar com una ordre. Vaig despullar-me tan ràpid com vaig poder. Em vaig quedar dret davant seu sense saber gaire què fer. Ella em va mirar el membre i em va dir a veure què pensava fer, que si pensava posar-me «content». La veritat és que no estava gens excitat. Es va girar i va començar a refregar les seves natges per damunt del meu penis, que es va despertar de cop. Ens vam ajaure sobre el catre i vam fer l'amor d'una manera molt ràpida. De seguida vaig sentir les campanetes i vaig veure les llumetes, que deia Henry Miller. Ella havia gemegat una mica, però em va sonar força fals.

Ben ràpid va encendre una cigarreta i es va posar a parlar.

—Sóc andalusa, d'Alcalá la Real, un poble de la província de Jaén. Vaig venir aquí ja fa un temps per fugir dels franquistes. El meu home el van assassinar només de començar la guerra les tropes del general Queipo de Llano, que va entrar al poble a mata-degolla. A mi em van estar violant dia sí, dia també. Em feien anar a portar provisions a peu al front, fins que un dia em vaig escapar camp a través. Vaig arribar a Jaén capital, que estava en mans de la República. Era difícil viure allí. I un bon dia vaig agafar un tren i em vaig plantar a Barcelona. Durant la guerra he fet una mica de tot, de criada, de cambrera…, però ara ja no em dóna la gana. No vull treballar per a uns senyorets feixistes i garrepes que em pagarien un sou de misèria i pel mateix preu se'm repassarien.

Es va incorporar i va apagar la cigarreta. Jo també vaig aixecar-me del llit. Em va agafar el membre i me'l va netejar una mica amb una tovalloleta que va mullar a la palangana. Després ella va fer el mateix amb el seu sexe.

En posar-me els pantalons vaig notar com em queia a terra alguna cosa. Com que a la cambra hi havia molt poca llum, no veia ben bé què era. Ella es va ajupir i ho va agafar. Era el paquetet amb la cocaïna que m'havia regalat la dona del bar. Em va preguntar què era allò. L'hi vaig explicar i va mostrar interès per provar-ho. Ens en vam prendre tots dos junts una bona dosi. Vam sortir al carrer plegats, però de seguida es va avançar i em va acomiadar amb un «torna quan tu vulguis, periodista».

Asseguts i fins i tot estesos per les voreres hi havia de tot: homes, dones, quitxalla… Alguns demanaven caritat. Vaig donar unes monedes a un pobre vell que semblava que estigués expirant. Els carrers estaven plens de brutícia per tot arreu. Però malgrat la misèria que veia, la repressió, la derrota de la República…, tot em semblaven petites pedres en un camí de roses que transitava directe cap a la gloria. M'havia recuperat del mal moment del matí i sabia que havia d'escriure les millors cròniques de la postguerra espanyola, que mai ningú no hauria de superar. Explicaria fil per randa la gran ignomínia franquista. Quan es llegissin arreu del món haurien de servir per fer fora el tirà sense contemplacions.

Em vaig comprar una mica de fruita en una parada que hi havia en un carrer de més avall i vaig decidir anar a fer un volt cap a la banda de la muntanya de Montjuïc, un turó de poca alçada que dominava sobre el mar, a la banda de ponent. Vaig enfilar el carrer Nou de la Rambla.

En passar per davant d'un edifici senyorial vaig recordar que m'havien dit que per allà hi havia una comissaria de la Generalitat situada en un palauet, que segurament devia ser aquell. Estava tancat i barrat. Vaig continuar en direcció cap la muntanya. En arribar a dalt de tot del carrer que havia agafat, em va semblar veure una petita construcció d'obra amb una reixa de ferro, com si fos una entrada a algun lloc. M'hi vaig acostar, tot apartant l'herba que creixia al voltant, i vaig deduir que devia ser un accés a un dels molts refugis antiaeris que s'havien construït a la ciutat per preservar la població dels bombardejos dels avions italians i alemanys. Vaig estar una estona contemplant el lloc i vaig intentar imaginar-me les escenes de pànic que feia poc devien haver passat allà dins i que jo mateix havia contemplat al refugi que hi havia a prop de la pensió. Per molt segur que semblés, a més d'un i més de dos els fallaven els nervis en sentir esclatar les bombes damunt dels seus caps.

Després vaig anar rodejant la muntanya, tot buscant un camí per enfilar-m'hi, quan vaig veure un terraplè on s'estava jugant un partit de futbol. Hi havia gent de tota mena: joves, no tan joves, marrecs…, fins i tot alguna noia. Els vaig demanar per jugar i quasi sense mirar-me em van dir que sí. Vaig demanar on havia de jugar i em van dir que jo mateix. Vaig deixar l'abric i la gorra damunt una pila de roba que feia de pal de porteria i em vaig posar a la defensa, que és on jugava habitualment a Londres. Els jugadors s'hi feien molt i n'hi havia algun que la tocava prou bé. Vaig començar a entrar en el joc i vaig interceptar algun atac amb perill. També vaig treure alguna pilota de cap, que era el meu fort. Recordo que un jugador de l'equip contrari es va escapar per un extrem i va centrar. Jo vaig voler parar la pilota amb el pit, quan vaig sentir com si algú m'hagués llençat una pedra al tou de la cama. Em vaig girar i tothom continuava jugant com si res. No vaig veure ningú, ni cap pedra. Em vaig tocar la cama, ja que el dolor era terrible, intens. Vaig adonar-me que gairebé no podia caminar. Un parell del meu equip ho van veure i em van ajudar a sortir del camp. Després els vaig demanar la roba i me la van portar. Com vaig poder vaig anar baixant per on havia vingut. Era evident que m'havia lesionat jo tot sol.

Mentre anava ranquejant per aquells rostolls, van aparèixer dos individus amb no gaire bona pinta, que diguem. A poc a poc se'm van anar acostant, un per cada banda. Eren molt morenos, amb patilles exagerades, i per al fred que feia no anaven gaire abrigats. Diria que eren gitanos. És van posar al meu costat, talment com si em fessin d'escorta, i van començar a fer-me preguntes amb una accent molt tancat.

Que d'on era, que què m'havia passat, a on anava... Jo m'anava posant nerviós, perquè intuïa que les seves intencions no eren precisament de fer-me cap entrevista. Els contestava com podia amb evasives, intentant aparentar tranquil·litat, però em veia a venir que d'un moment a l'altre em deixarien en calçotets. Tot d'una vaig notar com algú m'agafava per darrere del braç. Em vaig girar i vaig veure que era en Januskoff, que em va dir amb un somriure als llavis que no em preocupés, que ell es cuidava de tot. Va treure una pistolassa i els dos individus van fer mitja volta a una velocitat considerable. Em va picar l'ullet amb l'ull de dona i va fer que el seguís.

El servent em va assenyalar una moto amb sidecar que hi havia aparcada més avall. Era un model impressionat: un dipòsit de gasolina enorme i platejat, amb sengles ales enormes repujades als laterals que fragmentaven els raigs solars en mil i un reflexos impossibles de seguir; un seient de cuir blanc amb incrustacions de pedres precioses d'ultramar; un manillar corbat enrere del qual penjaven cadenetes daurades de diverses mides; un tub d'escapament resplendent, corbat i enorme, i el sidecar, també platejat i ple de relleus de figures d'animals amb la característica comuna que tots eren alats; així, hi havia cérvols, lleons, toros, porcs senglars, micos, serps, zebres, elefants, guineus...

Em vaig quedar embadalit mirant aquell prodigi d'artefacte fins que la veu suau i amable d'en Januskoff em va dir que quan volgués em portava a casa.

Es va posar unes ulleres i un casc d'aviador —cosa que em va semblar exagerada i que després veuria que no ho era tant— i em va fer seure al sidecar, que era prou ampli perquè pogués estirar la cama lesionada. Amb un cop de pedal enèrgic va fer retronar el motor amb un soroll infernal: paa, paa, paa, paa, paa, paa...

Sense perdre temps vam enfilar cap al Paral·lel —una avinguda gran que va a parar a tocar del port—, on vam arribar en un tres i no res. Aquell giny no corria, volava. Vam passar com un llamp per davant d'un agent que dirigia el trànsit a la cruïlla amb el passeig de Colom, que està ple de palmeres a les voreres i va paral·lel al mar. L'home una mica més i s'empassa el xiulet de l'ensurt. En prou feines en va veure el fum. Vam continuar per dessota el monument a Colom i, com una exhalació, ens vam plantar al començament de la Via Laietana —una gran artèria a l'altra banda de la Rambla, que comunica el port amb el centre de la ciutat—. Només d'enfilar-la ens vam topar amb dues motos de la policia travessades al mig del carrer que semblava que ens estiguessin esperant.

El agents, tots alhora com un sol home, van donar-los l'alto. En Janus em va dir que m'agafés fort. Va fer un cop de pedal, va donar gas a fons i la moto es va començar a enlairar com un ocell majestuós davant la incredulitat de tothom. Des de dalt es veia la gent petita, insignificant. Els policies agitaven els braços com si fossin ninots de fira moguts per fils invisibles. Als terrats hi havia roba estesa que volia atraure els últims raigs de sol d'aquell diumenge que havia començat trist però que s'havia anat espavilant. Vaig adonar-me que teníem una acompanyant que volava davant nostre amb elegància; era la Sephiroth, la mallerenga, que semblava que ens marqués la ruta. A poc a poc, vam anar perdent alçada, i en arribar a l'edifici de la pensió la moto va quedar uns instants suspesa en l'aire i va iniciar un descens lent i precís. En Januskoff no havia d'envejar res als millors pilots del moment. Vam aterrar damunt el terrat de forma suavíssima.

El que més em va sorprendre de tot plegat va ser que vaig estar sobrevolant Barcelona amb una moto i ho vaig trobar la mar de normal. A més, no vaig tenir gens de por, ni de vertigen, ni res de res. Passi que fins ara tot plegat es podia arribar a explicar a partir dels suposats efectes de la hipnosi, però això darrer ja passava de mida.

Capítol 9
• • •

29 DE GENER
Enredar un enredaire

EN JANUSKOFF EM va baixar a pes de braços fins al pis. Mentre baixàvem, la perspectiva que m'oferia el seu rostre era la de la part de dona, i era francament atractiva. La porta estava oberta. Em va deixar estirat damunt la taula del menjador, que era molt llarga. Va dir-me que no em mogués. Al cap de poc va tornar amb un pot ple d'un ungüent que feia olor d'ametlles amargants. Em va fer abaixar els pantalons i va fer-me fregues per tot el tou de la cama. Feia anar les mans amb una habilitat fora mida. Després d'una bona estona em va dir que m'havia fet un carnesqueixat d'un centímetre, i que això volia dir una setmana, com a mínim, sense poder caminar amb normalitat. Vaig preguntat per en Met i em va dir que un assumpte urgent havia reclamat la seva presència.

Li vaig demanar que em portés a la cambra on hi havia la màquina d'escriure. Em va fer esperar uns moments i després m'hi va acompanyar. Em va agradar veure que una tassa de te fumejava damunt la taula on hi havia la màquina i que dessota hi havia un coixí per recolzar el peu. I en una cantonada de la cambra hi havia una crossa. D'això se'n diu cuidar els detalls, vaig pensar. En Januskoff em va ajudar a asseure'm. Em va dir que qualsevol cosa que necessités, només havia de tocar la campaneta que hi havia al costat de la màquina, i ell vindria. Va fer-me una reverència i va sortir de l'habitació amb la mallerenga voletejant sobre seu. En el moment que creuaven el llindar de la porta, va entrar en Cruma, que es va quedar mirant l'ocell com encantat. El vaig cridar, es va enfilar damunt la taula i em va fer quatre festes. Després es va arraulir al costat de la màquina i va aclucar els ulls.

Bé, tot semblava indicar que havia arribat el moment de la veritat, que s'havien acabat els preàmbuls i que era l'hora de demostrar-me a mi mateix fins on era capaç d'arribar. En posar el paper, el rodet de la màquina va sonar com els àngels.

Vaig començar per escriure tot el que havia vist i viscut —bé, tot no— en aquell diumenge tan especial. Vaig fer dringar la campaneta. En prou feines havia deixat de sonar quan ja tenia l'home prim i de cara asimètrica al meu costat. Tot i que havia escrit una bona estona, no estava gens cansat. Després vaig agafar *La Vanguardia*, que estava en un cantó de la taula. Volia tornar a llegir la notícia sobre la mort dels quatre delinqüents, però mentre la buscava em vaig aturar en una informació que parlava amb tot luxe de detalls de les tortures que practicaven els serveis d'investigació militar de la República a Catalunya, *assessorats* per agents soviètics. La signava un tal José Vicente Puente. Se m'havia acudit una idea. Vaig decidir copiar-ho amb algunes petites modificacions. Entre altres coses vaig canviar el temps verbal de passat a present i també hi vaig posar un titular nou, que va ser: *La quinta essència del terror, crònica d'un malson*. El text que vaig escriure era aquest:

«Totes les persones detingudes, quan no es tracta de casos especials, són traslladades al Departament d'Interrogatoris. Amb molta cortesia, amb tota la cortesia de què són capaços aquests criminals, els detinguts són interrogats. Quan al final de l'interrogatori els agents creuen que els detinguts ja han confessat absolutament tot el que saben, se'ls posa en llibertat, o bé són enviats a camps de concentració, a batallons de treballs forçats o directament se'ls afusella sense cap judici.

»Però quan es creu que els detinguts no han confessat tot el que saben, són traslladats al Departament de Tortures, on són sotmesos a diversos procediments fins que declaren el que volen els torturadors.

»Entre els procediments utilitzats en la tortura dels desgraciats que cauen en mans del assassins hi figuren:

»La *nevera*, nom aplicat a unes cel·les petites on les rajoles del terra estan col·locades de manera que l'home tancat dintre només pot romandre dempeus recolzat a la paret. Les rajoles estan col·locades en forma de T i per tant impedeixen no tan sols estirar-se, si no també asseure's i caminar de forma normal. No hi ha llit, tan sols un seient d'un metre d'alt a la paret, però és difícil de fer servir ja que està inclinat i és llis, i per usar-lo s'ha de fer molta força amb els braços flexionats. En altres hi ha un llit inclinat de manera que és impossible ajaure-s'hi sense caure a terra, i per evitar qualsevol possibilitat que s'hi estirin, el ciment està escardat, ratllat i ple d'arestes. Al pres el fan estar despullat i descalç, i de forma periòdica el sotmeten a dutxes d'aigua gelada. Pocs resisteixen aquest suplici.

»Les cel·les estan construïdes en un petit soterrani amb una volta, on l'eco és enorme i qualsevol soroll provoca un malestar inexplicable. Això ho saben els botxins. En una lleixa de la paret, presidint el soterrani com si fos un sant de guix, un metrònom compta segon a segon el temps que han d'aguantar els presos sense ni dormir ni descansar.

»Tothom que ha estat detingut, o almenys tancat en una habitació per a una 'espera o per una malaltia, sap com es mira el rellotge, com es calcula el temps transcorregut i el que queda. Causa horror pensar en uns homes nus, amb un fred espantós, sense poder estirar-se, sense menjar, caminat amb petits salts, tancats dies i dies i sotmesos al tac-tac monòton i rítmic del metrònom.

»En les cel·les anomenades de l'*ou*, d'1,20 metres d'alçada i ovalades, els detinguts no poden estar-s'hi ni drets ni ajaguts, i han de aguantar així fins que confessen tot allò que pretenen els botxins.

»A la *cadira elèctrica* hi fan seure aquells a qui volen torturar d'una manera més violenta. De forma progressiva són sotmesos a cremades lentes, fins que confessen. Molts presoners de la Model tenen nafres horribles a la planta dels peus a causa d'aquesta tortura.

»També existeix una altra cel·la horrible de suplicis, consistent en una sala petita que té tots els objectes: taula, cadires, parets, terra... inclinats. Un cop s'hi tanca el detingut, és sotmès a un joc de llums. Poques de les persones sotmeses a aquest suplici atroç en surten amb totes les facultats mentals intactes. A moltes d'elles se les tanca immediatament en manicomis.

»A altres els pengen de cap per vall per un peu i se'ls posa dessota un recipient ple d'aigua, de manera que al martiritzat li arribi fins al nas. En aquesta postura, dos o tres esbirros el colpegen amb corretges fins a fer-li perdre el coneixement.

»En una altra habitació hi ha unes petites cel·les separades per cortines on se sotmet els detinguts al suplici de la llum. Els fan seure, els lliguen i els obren els ulls amb uns estris, com una espècie de monocles, que els impedeixen tancar-los. Després els encenen davant seu una bombeta de moltes bugies i els deixen així temps i temps, fins que queden amb la vista desfeta.

»També hi ha cel·les amb les parets pintades, que a primera vista poden semblar un joc o un caprici. No és res d'això. Tenen, com totes, els llits i els seients inclinats, inutilitzables. I les rajoles verticals a terra. Però la cosa més característica d'aquestes cel·les és la pintura de les parets. Algun tècnic, metge o especialista podrà observar i explicar els efectes que sobre el sistema nerviós d'un individu despullat i descalç produeix la contemplació d'un cercles de diferents mides, de diversos colors, col·locats a diverses alçades per tota la paret. Un tauler d'escacs pintat, una espiral, uns cubs blancs i negres, sobreposats a una sèrie de deu o dotze ratlles grogues al llarg de la paret, que són creuades per altres en diagonal. Tot tancat, amb llum escassa, en aquella cel·la, amb un llit de ciment inclinat, pintat de negre, que sembla un taüt, i l'alegria de colors a les parets, les ratlles que es creuen, el tauler d'escacs; no hi ha persona que hi resisteixi massa temps.

»Quan no hi ha res a fer en una habitació —oh, aquestlles esperes a casa del metge o al despatx d'un polític!—, es miren els quadres, els retrats, les revistes, els colors dels mobles, les línies de les catifes, es compten les cadires, les bigues del sostre, es tornen a fullejar les revistes i a poc a poc la sala se'ns va fent familiar, dialoguem amb la vista amb els retratats dels quadres i comencen les conjectures, les sospites, les disquisicions, fins que arribem, si hi estem molt temps, a les més absurdes hipòtesis, elucubracions, a històries fantàstiques... Aquestes esperes que ens desesperen, són d'una hora, dues, tres. Pensem ara en les cel·les pintades tan científicament pels torturadors dels nostres germans. En les vegades que durant un dia s'ha de mirar el tauler d'escacs i recordar-se de les fitxes i de les jugades que vam fer una tarda al cafè provincià, amb el millor amic de la nostra joventut. En els cercles de colors, si són parells o senars. Les ratlles grogues que poden ser camins daurats, un tros de pentagrama, el quadern on vam aprendre els pals de les lletres...

»Pensem..., però val més no pensar en el que pot passar. Els que ho fan ja saben els motius: demència provocada per la neurastènia, malalties nervioses, atacs d'ansietat... És l'explicació científica i lògica del martiri sofert.

»A tots aquests malsons horribles, per si fossin pocs, se'ls afegeix la gana i la manca de roba. Tot això, juntament amb la brutícia més lamentable, acaba amb la resistència dels detinguts. Per tota alimentació se'ls dóna un cop al dia una tassa de brou de llegums amb 150 grams de pa, això quan n'hi ha, que no és sempre. Els familiars que podrien contribuir a mitigar l'estat de depauperació en què es troben els detinguts, no ho poden fer perquè ignoren el seu parador, ja que les autoritats no faciliten cap dada sobre les detencions efectuades.

»Quan aquests desgraciats surten del Departament de Tortures és per anar a parar a nous inferns; són portats a camps de concentració. Si a conseqüència de la manca d'alimentació i del tracte rebut el seu estat és desesperat, els esbirros que es cuiden d'ells els maten. Quan, de tant en tant, algú aconsegueix escapar-se del camp de concentració —en els quals moren de fam i fred presoners cada dia—, maten els cinc anteriors i els cinc posteriors al nom del fugitiu en la llista del camp. A vegades es fa una selecció entre els que es creu que són més amics del fugitiu, els quals també són afusellats després de ser sotmesos a un interrogatori monstruós. »A alguns, diguem-ne, afortunats, se'ls deixa en llibertat després de setmanes o mesos de captiveri. Ara bé, la llibertat és provisional i no definitiva. Abans de sortir se'ls fa signar una declaració impresa que serveix perquè, al més petit desig d'un agent, es puguin tornar a detenir i executar. La declaració diu així:

»En concedir-se'm la llibertat RESTO ASSABENTAT que això no significa la llibertat integra, ja que quedo sotmès a la vigilància i el control rigorós de les forces de l'ordre.

»ESTIC ADVERTIT que la fitxa que se'm fa s'ha de completar amb indagacions i informacions policials que reflecteixin exactament la trajectòria de la meva línia de conducta política, moral, social i econòmica, i que qualsevol desviació ha de ser sancionada i considerada coma a delicte d'alta traïció i, com a tal, ser severament castigat i internat en un camp de concentració.

»M'ABSTINDRÉ, en absolut, de fer manifestacions sobre els fets que van motivar la meva detenció, classe de vida que he fet durant el meu captiveri, converses que hagi pogut escoltar, i de mencionar dades relacionades amb els detinguts i tot el que fa referència a les persones i organismes policial pels quals he passat.

»Del coneixement i compliment de tot plegat, signo el present a...""

»Barcelona està plena de cel·les i cases de suplici. De suplicis refinats, creats, inventats i duts a la pràctica per deformes mentals, sempre per anormals, invertits i sàdics. Mai per homes sans i profunds capaços de matar cara a cara el seu enemic. Ni les gàbies del rei Lluís de França, ni les carretes de la reina Isabel a Londres, ni aquells caçadors de cabelleres de les novel·les de Salgari han arribat a esgotar la capacitat de resistència de les seves víctimes. Bé és veritat que fins ara els suplicis que coneixíem eren virils, físics. Els aquí descrits són cerebrals, psicològics, juntament amb els dolors físics més primitius. Les tortures cerebrals les han inventat els dèbils, els enfonsats en un mar de preocupacions i turments, mai homes sencers o guerrers».

Vaig treure els darrer full de la màquina i vaig aplegar la resta. Vaig agafar la crossa i, seguit per en Cruma, ens vam presentar al menjador on en Januskoff estava llegint un llibre. Es titulava *Els pastorets* i semblava passar-s'ho molt bé. La Sephiroth estava cantant una cançó, que després em vaig assabentar per la Margarida que era la popular catalana *Per tu ploro*.

En veure'm, en Januskoff va plegar el llibre i l'ocell va emmudir a l'instant.

—*Milord*, necessita alguna cosa: beure, menjar, conversa, comprensió, adulació...? El que li faci falta li serà donat a l'instant.

Realment en Januskoff era un personatge estrafolari però encantador.

—Voldria ensenyar una cosa a en Met. Veig que encara no ha tornat.

—El *messere* no pot trigar gaire. La tarda ja està a punt de fer la darrera i definitiva ensopegada i la foscor del vespre el posa de molt mal humor. Ell està per la circulació ininterrompuda de la llum.

—*Messere*...? —vaig dir estranyat.

—Sí, *messere*, en italià antic, vol dir senyor, mestre...

—Però si em va dir que ell només era un enviat del mestre —em va quedar cara de tonto.

—Ha! Ha! El *messere* també és el mestre de la broma, sí senyor. Li agrada fer-se el modest, sobretot amb gent especialment escèptica com vostè. Però jo no li he dit res, d'acord?

Bé, en qualsevol cas, que fos o nos fos el mestre, això tampoc no canviava gaire les coses. Fos qui fos va prometre'm que m'ajudaria a escriure i a aconseguir l'amor de la Margarida, i això és el que comptava. Però també volia riure una mica, jo. Vaig maquinar el següent pla: quan arribés en Met li faria empassar que l'escrit sobre les tortures era una informació confidencial que havia obtingut d'un agent rus que encara voltava d'incògnit per Barcelona. No creia que el *messere* hagués llegit l'article, ja que pel que semblava només li interessaven les malvestats dels franquistes.

Vaig continuar la conversa amb en Januskoff, tot esperant en Met.

—I per què ha triat Barcelona, en Met? També hi ha Bilbao, aviat Madrid...

—Li encanta el Mediterrani! I a més té debilitat per vostè. De fet, sempre ha tingut una predilecció especial per les persones que es diuen Miquel. Tot i que el primer que va conèixer —el príncep dels àngels i general dels exèrcits de Déu— no li porta bon record; en el fons el compadeix, li fa llàstima, considera que va ser manipulat vilment..., pot ser ve d'aquí aquesta fixació.

Em vaig quedar gairebé igual. Després vaig continuar l'interrogatori:

—Ja hi havíeu estat abans, a Barcelona?

—I tant! Un munt de vegades! El call jueu... esgarrifós... La crema de bruixes... encara veig com espeteguen... El Corpus de Sang, la Guerra dels Matiners, la Setmana Tràgica...

En aquell moment es va sentir com la porta del carrer s'obria i es tancava. En Cruma i la Sephiroth van fer carreres per veure qui arribava abans a rebre'l. En Met va fer acte de presència al menjador escortat per les dues bestioles, talment com un personatge de l'Antic Testament. En Januskoff es va alçar i li va fer una reverència exagerada. Jo em vaig limitar a encaixar-li la mà, amb certa fredor.

Es va asseure en una butaca i va demanar al servent que li preparés un got de llet calenta. Se'l veia cansat. Va deixar anar un «pobra dona, sort que hi he anat que, si no, vés a saber...». Vaig estar a punt de preguntar què coi eren aquells assumptes urgents que de tant en tant el reclamaven, però no vaig gosar. Així que, sense preàmbuls inútils, vaig atacar.

—Met, he escrit una cosa que t'agradarà —vaig dir donant-me importància.

—Mai no he dubtat del teu talent, amic meu —el to de la resposta estava a mig camí entre la sorna i l'admiració, però no en vaig fer cas. Li vaig allargar el fulls mecanoscrits. Els va agafar i va començar a llegir-los. De seguida em va fer un parell d'observacions referents a la puntuació, que em van semblar encertades. Va continuar fins al final sense cap més comentari.

—Molt bo! Molt bo! D'on ho has tret això?

—Un contacte soviètic, no puc dir més —volia afegir-hi misteri.

—Qui millor que els mateixos que ho han fet per explicar-t'ho, no? Has retratat les txeques a les mil meravelles!

M'acabava d'aixafar la guitarra. O bé ho havia llegit o bé ja ho coneixia. La ingenuïtat de voler enredar en Met em va fer tornar vermell. Ell ho va notar i em va voler tranquil·litzar.

—Michael, guarda l'article. No el perdis, el farem servir... Què et penses? Que els franquistes no les aprofitaran, les instal·lacions del terror? I tant que sí! Les amortitzaran fins que no quedi cap sospitós viu.

El diumenge que semblava trist tenia les hores comptades. Vaig demanar al servent que em posés un got de llet calenta i em vaig retirar a la meva habitació. Mentre anava ranquejant pel passadís vaig sentir que en Met i en Januskoff parlaven i em vaig aturar a escoltar el que deien.

—Què li passa al nostre *negre*? —va preguntar en Met.

—S'ha lesionat jugant a futbol.

—I per què no l'has curat?

—Ja ho he fet una mica, però si vol que escrigui força, més val que durant uns dies no es bellugui gaire. No li sembla, *messere*?

—Ben pensat. Demà al vespre tornarà ella i ja podrà començar de debò. Per cert, la toca bé?

—Pse…, regular.

Ella? Qui deu ser ella? La Margarida, segur, vaig pensar. El cor se'm va accelerar per uns moments. Després me'n vaig anar al llit amb dos pensaments: que l'endemà arribés aviat i que en Januskoff en devia haver vist poc, de futbol.

Vaig tenir un somni, que ja havia tingut altres vegades, però que aquell cop em va semblar estrany, de tenir-lo.

Era als vestidors del Tottenham Hotspur, el meu equip de tota la vida, vestit de jugador. Només frisava perquè ningú no s'adonés que jo no era un jugador de la plantilla, sinó que era un infiltrat…

Capítol 10

30 DE GENER
Ella un altre cop

ERA ALS VESTIDORS del Tottenham Hotspur, el meu equip de tota la vida, equipat de jugador. Només frisava perquè ningú no s'adonés que jo no era un membre de la plantilla, sinó que era un infiltrat que no sabia com havia anat a parar allà. Evitava la mirada dels meus ídols, que semblaven molt concentrats en la tàctica que explicava l'entrenador. El partit era el derbi de la màxima contra l'Arsenal, i la tensió era evident. Però a mi ningú no em deia ni ase ni bèstia, talment com si no hi fos. Les explicacions del *mister* s'allargaven d'una manera que a mi em semblava exagerada. Quan en algun moment em semblava que l'home s'anava a dirigir a mi, jo abaixava la mirada per evitar ser reconegut. Després, al túnel de vestidors, a punt de saltar el camp, feia esforços per amagar la meva panxolina, que desvirtuava la silueta que se suposa que ha de tenir tot jugador de primer nivell. En saltar al camp les meves pors a ser reconegut es van accentuar de mala manera, però ningú semblava adonar-se de res. El públic, embogit, bramava igual que sempre. Començava el partit i em costava molt arribar a les pilotes, com si portés plom a les botes, però sempre hi acabava arribant. Això sí, em cansava moltíssim, moltíssim.

Fi del somni.

Em vaig llevar sense haver descansat gaire bé, potser per culpa del que havia somiat. Feia un dia rúfol, lleig. Vaig trobar-me l'esmorzar preparat, però sense ningú enlloc, només en Cruma. Estava força nerviós pel que havia sentit abans d'anar a dormir: "Demà tornarà ella...". Però quan? Al matí, la tarda, la nit... vaig decidir esmorzar i marxar cap a visitar la Caritat, a veure si era cert el que m'havia explicat. No pensava quedar-me esperant, encara m'hauria posat més nerviós. Això sempre que fos veritat.

Vaig agafar l'abric, la gorra i la crossa. Vaig haver de vigilar que en Cruma no s'escapés, ja que volia venir amb mi tant sí com no. L'ascensor seguia sense funcionar, així que vaig trigar una bona estona a arribar al vestíbul, que, per cert, avui que anava a poc a poc em vaig adonar que no conservava cap rastre del que se suposava que havia tingut lloc entre el porter, els policies i en Januskoff. Tampoc no semblava que el porter hi fos.

Vaig sortir al carrer. Era dilluns i es notava en l'ambient: gent atrafegada amunt i avall, tramvies plens a vessar, vehicles militars... Vaig enfilar passeig de Gràcia amunt a pas de tortuga. Semblava com si tot anés més a poc a poc. La gent que passava i que abans mirava un moment i ja està, ara tenia temps de mirar-la i remirar-la fins que la prudència m'aconsellava deixar de fer-ho. Els edificis semblaven més propers, més reals. M'ho vaig agafar amb calma i de tant en tant m'aturava a descansar en algun banc. Era un espectador privilegiat d'una ciutat que s'esforçava per recuperar el pols perdut durant una guerra llarga i devastadora. Quan havia travessat el carrer Mallorca i continuava pujant, tot encantant-me mirant les façanes, se'm van atansar dos policies i em van agafar un per cada braç. Per un moment em vaig veure perdut, però per sort no venien a detenir-me, més aviat al contrari. Volien que els acompanyés al número 82, on segons em van dir m'estaven esperant. Per un moment vaig estar a punt de dir-los que em confonien amb algú altre, però la meva curiositat malaltissa m'ho va impedir. Em van entaforar en un ascensor i vam pujar fins al quart pis. La porta estava oberta i a dintre hi havia algunes taules amb gent asseguda a banda i banda. Els uns parlaven i els altres escrivien, era evident que els estaven prenent declaració. En una paret hi havia un retrat enorme del general Franco, que semblava que estigués vigilant tothom —com havia pogut fer-se militar aquell carabassó amb potes? Els militars, almenys al meu país, són gent espigada, atlètica, res a veure amb la imatge de mossèn de sagristia d'aquell individu sinistre de bigotet ridícul.

Els dos agents em van fer seure en una taula on no hi havia ningú i es van acomiadar. M'estava preguntant quina mena de testimonis s'estaven recollint i aviat vaig sortir de dubtes. Des del meu seient podia sentir alguna conversa i vaig deduir on m'havia ficat: s'estava recollint informació de les tortures sofertes per presos en mans de la República. Pel que semblava, amb l'article de *La Vanguardia* no en tenien prou.

Al cap de poc va venir un homenet amb uns papers a la mà. Duia un vestit fosc i tronat amb una corbata de ratlles que no li esqueia gens. El seu aspecte el delatava: era d'aquella mena de persones que semblen haver nascut per esdevenir oficinistes. Es va asseure, em va mirar i em va demanar que comencés, que m'escoltava. Per uns moments em vaig quedar en blanc, però vaig reaccionar ràpidament. O hi posava més pa que formatge o corria perill.

—Estic viu de miracle —vaig deixar anar amb cara de pena.

—Vostè, senyor Napoleon, ha trucat aquest matí explicant-nos això seu de la cama. L'estàvem esperant. Començava a entendre la confusió dels uniformats.

—Doncs sí, me la van posar dintre un cilindre de fusta que es podia graduar amb uns cargols especials que el travessaven axialment. Així que, de tant en tant, me l'anaven prement cada cop més. La cama se m'anava estirant amb un dolor insofrible. Em va semblar veure que se m'havia allargat almenys un pam. Em vaig desmaiar diverses vegades. La sang que brollava la recollien amb un recipient i després amb un embut me la feien empassar barrejada amb oli de ricí... per què no em dessagnés, deien —vaig observar com l'homenet s'anava tornant blanc i afinat—. Després em treien l'artefacte i em feien caminar i jo només de posar el peu a terra queia ben llarg. Tot seguit començaven a donar-me cosses i cops per tot el cos. De tant en tant em llançaven a sobre una galleda plena d'orins i excrements, que es barrejaven amb els meus, ja que per culpa de la purga de ricí no parava de fer-m'ho a sobre. Em deixaven allà estassat fins que tornaven i tot començava un altre cop.

El funcionari es va alçar blanc i, afinat, se'n va anar al lavabo, juraria que a vomitar. Quan va tornar jo volia continuar amb el relat, i ell em va dir que ja n'hi havia prou. Després em va fer una pregunta d'una manera tímida, com si li sabés greu de fer-me-la.

—I els va dir el que volien sentir? Va abaixar la mirada, tot esperant la resposta. Vaig trigar uns segons a parlar.

—Si fos que sí, creu que ara tindria el valor de mirar-lo a la cara, per molt mal que em fessin llavors? Mai de la vida els vaig dir ni tan sols com em deia. Em van destrossar la cama, però jo, a ells, la moral.

—I ara, com la té, la cama? —va preguntar preocupat.

—Més bé, gràcies. Cada dia es va arronsant una mica, i espero que algun dia pugui tornar a caminar normalment. La meva família em necessita i, ara per ara, encara no puc treballar.

Va arrufar el front, va agafar un segell de damunt la taula i el va estampar damunt un imprès en el qual figurava un nom. Me'l va lliurar i em va dir que allò m'ajudaria i que ja podia marxar, després d'agrair-me efusivament la meva col·laboració.

En baixar per l'ascensor no vaig poder estar-me'n de mirar el paper. Era un certificat on es feia constar l'adhesió incondicional al règim d'un tal Napoleon Casadavall i el valor demostrat durant les tortures. Només sortir al carrer vaig decidir que, malgrat la cama, havia d'accelerar una mica el pas, no fos que arribés el torturat autèntic i em vinguessin a buscar aquell regal inesperat amb el qual el destí m'havia volgut obsequiar, i que pel mateix preu se'm quedessin a mi i tot.

Quan vaig ultrapassar l'avinguda del Catorze d'Abril —que el franquistes havien rebatejat com a Gran Via Diagonal—, vaig veure que no em seguien i em vaig sentir alleugerit. Vaig reposar una estona en un banc de pedra del qual sortia un gran fanal arquejat, i després vaig enfilar cap al consolat alemany, que era a la cantonada on el passeig s'estreny cap al barri popular de Gràcia. L'edifici em va impressionar, les seves corbes irregulars però estèticament impecables, els enormes finestrals amb vitralls de colors, les columnes de marbre amb capitells barrocs, la gran balconada... A la planta baixa hi havia el Cafè Vienès, on a aquelles hores hi havia molt poca gent. Al balcó del primer pis onejava una gran bandera vermella amb un cercle blanc que tenia una creu gammada a dintre. No hi havia dubte que era allí. Vaig entrar per una porta lateral i un policia em va donar l'alto. Vaig pensar que seria un bon moment per estrenar el document que m'havia caigut del cel. L'hi vaig ensenyar i gairebé em fa una reverència. Vaig pujar amb ascensor i vaig em vaig trobar amb la porta oberta i una secretària que atenia el telèfon. Vaig demanar per la Caritat de part de Jorge Marín. Em van fer seure en un sofà de l'entrada i al cap d'uns deu minuts llargs va aparèixer amb cara d'estar molt atrafegada. En veure'm, però, se li va alegrar el rostre. Després es va adonar de la crossa i es va interessar per la meva salut. Li vaig proposar d'anar a fer un cafè a baix i va acceptar.

Ens vam asseure en un sofà que donava a una finestra gran, que semblava l'aparador d'una botiga. Ens van servir dos cafès ben calents que a mi se'm va posar d'allò més bé, després de la caminada. Em va convidar a fumar i vaig acceptar.

—No l'esperava tan aviat.

—Ja veu que em va impressionar.

De fet, ho vaig dir mig en broma, però amb ella em va passar al revés que normalment. Vull dir que la majoria de vegades que veig per segona vegada una dona que m'agrada, la trobo menys atractiva que el primer cop. Amb la Caritat, just al contrari.

—Au, vinga, que no vaig néixer ahir, jo —Va esbossar un mig somriure.

—Com va la feina?

—Bé i malament. M'explico. La feina és interessant, però haver de batallar amb tant de nazi se'm fa una mica costa amunt. Però de moment...—va arquejar les celles.

—I què està fent, ara?

—Doncs una feinada. Resulta que avui el Führer ha de fer un discurs davant dels membres del Reichsatg a Berlín per commemorar l'aniversari de la implantació del nacionalsocialisme a Alemanya, i estem rebent teletips a tota hora. Els he de traduir i preparar notes de premsa a tot drap.

—Em sap greu... No la vull torbar —vaig dir excusant-me.

—No s'amoïni, que des de les nou que sóc aquí i ja són quasi les dotze i no he parat. La meva cap és nazi, però no tant. Li he dit que baixava a fer un cafè i m'ha dit que cap problema.

—I què se'n sap, del discurs?

—Tot són rumors, però sembla que pensa dir-ne de ben grosses.

—Expliqui's! —vaig dir, impacient.

—Doncs que el Führer estaria caldejant l'ambient de mala manera. Que si l'ocupació dels Sudets va ser un acte de justícia, que si Alemanya ha de recuperar les colònies d'abans de la Gran Guerra, que si la Pau de Versalles és una ignomínia per al poble alemany...

—Hòstia, quina una que se' n'està preparant!

—És la història que segueix el seu curs, i nosaltres ben poc hi podem fer —va dir amb posat resignat—. Per cert, ja que parlem de rumors. Vostè para pel carrer Claris, no? Sembla que per allà estan passant coses rares. Com a bon periodista que és n'hauria d'estar informat.

—Com ara quines? —Em va semblar intuir per on anaven els trets.

—Bé, he sentit que a un porter d'un edifici el van haver d'internar en un psiquiàtric perquè deia haver vist el diable en persona. I després, que ahir molta gent va veure com una moto amb sidecar es posava a volar amb dos homes fins un edifici de Claris cantonada amb Consell de Cent. Sembla que la policia està una mica mosca. En sap res, vostè?

La meva reacció després de sentir allò va ser la d'esclatar a riure a més no poder, i ella s'hi va afegir de bon grat. Vam arribar plegats a la conclusió que la factura de la guerra potser era més alta del que ens pensàvem. El dimoni i una moto volant, quins disbarats.

Vam quedar que quan jo ja pogués caminar bé li trucaria i sortiríem un dia a passejar o al cine, que ja tornaven a funcionar. Tots dos sabíem que la nostra relació no s'acabaria allà.

Quan vaig anar per pagar, el cambrer em va dir de manera poc amable que aquell bitllet ja no era de curs legal. Em vaig quedar parat sense saber què dir. Per sort, la Caritat va parlar amb ell, li va ensenyar les credencials del consolat i van quedar que ja ho trobarien. Allò em va posar de molt mal humor. La noia em va explicar que en Franco havia tret un decret que abolia la moneda republicana i que només bescanviaven determinats bitllets antics per uns de nous, la majoria en poder de partidaris declarats del règim. Jo rai, que em quedaven quatre duros de les lliures que havia canviat en arribar, però i la gent que tenia els estalvis de tota una vida en moneda? De cop i volta s'havien arruïnat tots? La veritat és que no ho podia entendre.

Ja estàvem a punt de sortir al carrer quan se'm va atansar una noia amb uniforme de la falange i em va demanar que li comprés la revista *Y*, que era l'òrgan oficial de la secció femenina de la Falange Española Tradicionalista i de las Jons. Tot procurant que la Caritat no ho veiés, li vaig dir a cau d'orella «Fica-te-la on et càpiga!». De tan parada que es va quedar vaig tenir temps de sortir sense que pogués reaccionar.

Vaig anar baixant a poc a poc i vaig agafar el carrer Claris, no era qüestió que m'enxampessin els dos policies d'abans. La veritat és que començava a tenir gana i vaig desitjar que en Januskoff em tingués un bon plat a taula. Mentre m'acostava a la pensió una idea em va anar omplint el cap amb força: calia afanyar-se a publicar el llibre. Ho havia de fer abans que Europa —i fins i tot el món sencer— esclatés en flames sota la bota del Führer. A qui li importaria llavors la repressió dels franquistes? Tothom estaria prou preocupat per salvar la pròpia pell. Potser fins i tot la *cort celestial* que em feia companyia a la pensió ja havia tocat el dos cap a Berlín, tot i que no ho creia, ja que els nazis, de creients, en tenen més aviat poc, i en Met no volia altra cosa que convertir la religió i el mal en un binomi inseparable.

Al vestíbul de l'edifici amb vaig trobar amb un veí, que es va presentar i em va dir que ja li havia parlat de mi el porter. L'home estava preocupat precisament perquè l'empleat no era al seu lloc i no en sabia res. Em va demanar si jo com a periodista podia indagar-ne alguna cosa. Es veu que una veïna l'havia vist dissabte el vespre caminant Claris avall amb un got a les mans, però des d'aleshores, cap rastre. Li vaig que dir que si en tenia qualsevol notícia l'hi faria saber. Ell em va contestar que si necessitava alguna cosa, que no quedés. L'hi vaig agrair.

Només d'obrir la porta del pis vaig sortir de dubtes sobre la presència dels meus amics, la Sephiroth i en Cruma continuaven fent curses a veure qui arribava abans a rebre els qui entraven. De la cuina arribava una olor que prometia. Només de posar-hi els peus vaig veure un plat de sopa fumejant damunt la taula i en Januskoff fregint unes costelles de xai que hi cantaven els àngels. En veure la meva admiració anava dient «Estraperlo, *milord*... estraperlo, *milord*... estraperlo, *milord*». Jo de primer no entenia de què parlava; després em vaig assabentar que «estraperlo» era el nom que rebia a Espanya el mercat negre. Doncs benvingut l'estraperlo. Vaig preguntar-li si havia vingut algú al pis, i em va dir que no. Vaig fer un àpat per llogar-hi cadires. Després em va oferir fruita i, finalment, te. En acabar em va dir que si volia veure en Met, era al menjador. Li vaig dir que estava força cansat i que volia estirar-me una estona. Em va acompanyar fins la cambra, i em va dir que, si el necessitava, el cridés. En Cruma volia fer-me companyia, però aquest cop el vaig fer fora, volia tot el llit per a mi. Com que s'hi resistia vaig fer servir la crossa. A fora va estar esgarrapant la porta una estona fins que se'n va cansar. Vaig dormir una bona estona fins que en Januskoff em va despertar.

Havia arribat.

Em vaig incorporar tan ràpid com vaig poder i vaig anar cap al menjador amb més nervis que altra cosa. Només d'entrar vaig veure uns ullassos que em miraven fixament. De primer no la vaig reconèixer. Anava rapada al zero, afaitada. Em semblava impossible que hagués pogut passar. Els mil i un rinxols que serpentejaven pel seu front s'havien esfumat. Portava un vestit de color beix i una rebeca blau marí de botons, que contrastava amb la seva pal·lidesa. La seva cara no mentia. Se la veia cansada i desmillorada.

Tenia una tassa de te a les mans i remenava la cullereta de forma nerviosa. Per sort, encara conservava una mica de sentit de l'humor i, abans que li preguntés res, em va dir:

—Bé, com a mínim m'estalviaré d'anar a la perruqueria durant una bona temporada.

En Met estava assegut a la butaca de sempre i va romandre callat.

—Com ha estat? —vaig dir mentre m'asseia i deixava la crossa a un costat.

—Ja li vaig dir quan vam parlar que em preocupava què passaria amb el lloguer del nostre pis. El propietari havia marxat a la zona rebel al principi de la guerra, i per tant vam deixar de pagar-li. Dissabte es va presentar a casa sense avisar i em va reclamar de mala manera totes les mesades que faltaven. Li vaig dir que no podia, que el meu marit estava desaparegut i que jo no tenia diners. Em va amenaçar de fer-me fora i va marxar insultant a tots els «rojos» de forma molt agressiva —va fer una pausa per agafar aire—. Avui a mig matí s'ha presentat a casa acompanyat de dos esbirros i d'un barber. Sense cap mirament m'han fet asseure en una cadira del menjador i mentre els homes em subjectaven el barber ha fet la seva feina, talment com si esquilés un xai. Després s'han posat a registrar el pis per veure si hi tenia el meu home amagat. Ho han regirat tot de cap a peus amb una brutalitat fora mida. M'han xafat tot el que han pogut: la planxa i la post de planxar, gerros, llums, miralls, la ràdio... En acabat, l'amo del pis m'ha dit cridant que si demà encara m'hi trobava em faria agafar. No recordo haver tingut mai una sensació tan forta d'indefensió, d'impotència. Durant una bona estona m'he dedicat a destruir tota mena de papers i documents comprometedors, així com fotos i altres records. Després he ordenat les coses que m'havia d'emportar, les he entaforat en dues maletes, i aquí em té. La majoria dels meus amics encara estan pitjor que jo, no sabia on anar. Vostè em va convidar, no?

—I tant que sí! —Vaig mirar en Met i vaig afegir—: Espero que tu no hi tinguis inconvenient...

En Met va riure:

—No és bo que l'home estigui sol: fem-li una ajuda semblant a ell. Gènesis, dos, divuit.

—No sé pas en què el puc ajudar, si no és a caure... I en l'estat en què es troba ara mateix, no em resultaria gaire difícil —va dir tot mirant la crossa—. Què li ha passat?

—Resulta que no vaig voler aixecar el braç ahir durant la missa a plaça Catalunya i uns falangistes em van atonyinar —vaig mentir per fer-me el valent.

—Doncs ja cal que vigili. Quan senti l'himne espanyol pel carrer, s'ha de parar i saludar alçant el braç, si no acabarà anant en cadira de rodes. Ara quan venia m'hi he trobat.

En acabar la frase va tenir un atac de tos que em va semblar més fort encara que el del primer dia. Es va treure un mocador per tapar-se la boca i ens va fer amb la mirada que no era res.

En Met va reprendre el fil.

—Estimada senyora, vostè ha de ser-nos de gran ajuda. Més ben dit, sense vostè no podríem dur a terme la tasca filantròpica que hem d'endegar amb certa urgència —va dir en Met amb un to solemne.

La Margarida i jo ens vam mirar amb cara de curiositat, però ell va continuar:

—Vostè era bibliotecària de la Biblioteca Popular Pau Vila i, després, quan va tancar per culpa de la guerra ara farà un any, es va enrolar al bibliobús de la Generalitat, que recorria el front per acostar els llibres als soldats. M'equivoco?

Els ulls de la Margarida es van esbatanar.

—No, no. No s'equivoca. D'aquesta manera vaig poder veure un parell de cops el meu home.

—Per tant, vostè és una persona amb una certa formació intel·lectual, amb un compromís polític fora de dubte i parla bé el català. Tres virtuts que la fan indispensable.

—Parlar en català? Si ara està prohibit!

—Sí, però la Sephiroth només parla en aquest idioma..., i serà ella la que ens informarà de tot. En Michael necessita algú que li faci de traductor per poder fer els articles i publicar el llibre a Anglaterra.

—Però no em diràs que una mallerenga ha de ser la meva font d'informació, perquè em sembla, si més no, delirant —vaig dir una mica alterat.

—Doncs com et penses que van poder escriure tot el que van escriure els col·legues de qui t'he parlat i molts d'altres? Amb ajuda celestial o la dels morts que ressuscitaven ? Ha! Ha! Qui et penses que va volar per sobre de la porta de Damasc a Jerusalem, que estava tancada i barrada, per veure què passava darrere les muralles? Qui et creus que es va esmunyir dintre les masmorres de la inquisició i no es perdia el mínim detall del que passava entre les quatre parets? I si convé es fa fonedissa perquè ningú no la vegi.

—Però, i les *visions?*

—*Sancta simplicitas!* Res a veure, amic meu. Res a veure. Cal escodrinyar fins l'últim racó i escoltar el murmuri més imperceptible. Les *visions* són només panoràmiques incompletes, pinzellades difuses. S'ha de posar una lupa per no perdre-se'n res —Va fer una pausa per mirar-me fixament—. A més, Michael, recorda que hem fet un pacte.

Llavors em va venir a la memòria el pacte amb el..., bé, amb en Met, que havia fet el dia abans. Em vaig tornar vermell com un pigot. Ella se'n va adonar i se'm va quedar mirant com si intuís alguna cosa. Vaig reaccionar ràpid. Em vaig alçar i, amb crossa i tot, vaig ser capaç de preparar un te excel·lent que millorava els d'en Januskoff —el secret és escalfar l'aigua a la temperatura exacta, ni més ni menys—. En vaig servir primer a la Margarida, després a en Met i finalment a mi mateix. Vaig notar com l'ambient una mica tens d'uns instants abans s'anava relaxant. Vam estar xerrant una estoneta més sobre coses intranscendents. Després, la Margarida es va alçar i ens va dir que se n'anava a descansar, que volia dormir i oblidar al més aviat possible aquell maleït dia.

Es va instal·lar en una habitació que estava just a l'altra banda del pis de la meva, al costat de la galeria que donava al pati interior.

En quedar-nos sols, en Met es va aixecar i va començar a passejar amunt i avall del menjador, com el dia que ens vam conèixer. Això volia dir que el que m'havia de dir era important.

—Michael, ha arribat l'hora de la veritat. Ja tenim la peça que ens faltava. Ara només cal que treguis de dintre el millor de tu mateix i escriguis les cròniques de postguerra amb brillantor, estil i precisió. Estic convençudíssim que quedaràs parat de la qualitat dels xiu-xius de la mallerenga: descripcions, dades, contextos, personatges, diàlegs, reflexions… La Margarida també estarà a l'altura, ja ho veuràs…, i al teu costat. Què més vols?

—Met, ets d'allò que no hi ha! Si no et conegués diria que ets el mateix dimoni. He! He!

—Pensa que explicaràs veritats que aniran més enllà d'un simple article, que transcendiran. No te'n penediràs.

Vam donar per acabada la conversa. Havia tancat el cercle de forma magistral. Decididament, en Met era el mestre!

Quan ja estava agafant el son vaig sentir un cops suaus a la porta de l'habitació. Vaig obrir i era ella. No m'ho esperava, i si bé de bell antuvi em vaig fer il·lusions, de seguida vaig veure que es tractava d'una altra cosa. Sense voler asseure's enlloc, ni damunt del llit ni en una cadira, em va dir que aniria al gra:

—Miri, recordi que li vaig dir que sóc militant del PSUC, i vull que a canvi de la feina que li faré, escrigui una versió castellana dels articles. Hem de publicar també un llibre aquí de forma clandestina tant sí com no. Volem que es vegi que malgrat l'ocupació el partit continua al peu del canó. Farem servir el seu alter ego per no comprometre'l.

No m'esperava una cosa així. Odiava el PSUC i el seu estalinisme confés. No podia ser que la dona dels meus somnis em demanés això. Una ironia del destí difícil de superar. En la conversa que vam tenir quan ens vam conèixer, havia procurat amagar la meva condició de trotskista. Li havia dit que em feia dir Jorge Marín per qüestions de seguretat, res més. Palplantat a l'habitació, vaig estar a punt de confessar i així justificar la meva negativa, però no m'hi vaig veure en cor. Corria el risc que digués que sense aquesta condició no volia col·laborar, i llavors el projecte del llibre se n'aniria en orris i, tant o més important, per molt pacte que tingués amb en Met, el seu amor perillaria irremissiblement.

—Entesos, així ho farem —vaig dir-li, tot esforçant-me perquè no notés l'enorme dubte que tenia—. Però com s'ho pensen fer, per publicar-lo? —vaig afegir.

—Encara no puc dir-li res. Ja arribarà el moment.

No em vaig adormir fins a la matinada. No parava de pensar que acceptant el tracte estava traint els meus ideals, però que si no ho feia, ja em podria oblidar del llibre i d'ella per sempre mes. Em vaig llevar tard sense poder-me treure la idea del cap. Fins i tot en Januskoff va notar alguna cosa i em va servir per esmorzar una tassa amb més cafè de l'habitual. Com podia publicar els meus articles en un llibre editat i distribuït pel PSUC? Un partit que va trencar la unitat de les esquerres, que es va vendre als interessos burgesos de la República, que va provocar els anomenats Fets de Maig per anorrear l'oposició del trotskista POUM, que van causar 500 morts. L'Orwell ho explica molt bé, tot plegat. La contrarevolució, que tant mal va fer, es va instal·lar per no marxar. I la cirereta, amb el segrest il·legal de l'Andreu Nin, un dels màxims dirigents del POUM, del qual no s'ha sabut mai més res i que hi ha la sospita generalitzada que va ser executat per agents de Moscou, amb el beneplàcit, és clar, del PSUC. La repressió és va estendre cap a la resta de militants del POUM, que havia estat declarat il·legal. Les divisions poumistes del front van ser dissoltes, i els seus caps, incomunicats. I, en el súmmum de la ignomínia, van acusar el POUM de col·laborar amb el feixisme i els serveis secrets alemanys per atemptar contra el govern republicà.

Però com podia renunciar a la publicació del meu llibre a Anglaterra perquè les potències europees reaccionessin contra la dictadura? Uns articles amb la profusió de detalls que la mallerenga em facilitaria actuarien com una espoleta. Mai cap periodista hauria ni somniat tenir una font d'informació tan fiable, precisa i omnipresent com aquella. I, a més, en Met em va dir que me'ls revisaria, i no precisament per empitjorar-los. Podria sortir d'una vegada del semianonimat dels articles als diaris per esdevenir una ploma respectada i valorada. Seria com un passaport per cobrir sense limitacions qualsevol conflicte arreu del planeta. I no sé com, però ella acabaria sent la meva dona estimada que em faria costat per sempre més.

El dubte persistia.

11 DE FEBRER
En Moisès era viu

LA MALLERENGA SORTIA de bon matí per una finestra i no tornava fins poc abans de fer-se fosc. Ella complia la seva part de forma rigorosa. La Margarida i jo ens esforçàvem per complir la nostra. En Met feia la seva vida i de tant en tant fèiem petar la xerrada, més que res per veure con anaven els meus progressos. En Januskoff ens cuidava de meravella. Així vam passar uns deu dies.

La Margarida no es veia amb cor de sortir al carrer, mig per por mig per vergonya. La veritat és que li havia passat la tos i feia més bona cara. Jo vaig decidir no moure'm del pis perquè la cama se'm curés més ràpid. Només baixava a comprar el diari i així em tocava una mica l'aire.

De fet, amb la feinada que em donava l'ocell, no tenia gaire temps per a res més. La cosa anava així: quan la Sephiroth arribava se n'anava a menjar escaiola i a veure aigua que el servent sempre li tenia a punt. Un cop s'havia refet, volava cap a la cambra on ja l'esperàvem la Margarida asseguda en una butaca i jo darrere la taula de despatx. El seient de la noia tenia com dos alerons semicirculars que sobresortien del respatller a l'alçada del cap. L'ocell es posava en un d'ells, li feia com una mena de petó a la galta i començava el xiu-xiu a cau d'orella.

El primer dia, en Cruma, que estava mig amagat darrere la butaca, va intentar caçar la mallerenga. Va venir just. Fins i tot amb les ungles li va fer saltar algunes plomes. La Sephiroth es va posar dalt del llum i fins que no el vam fer fora no va baixar. A partir d'aleshores, no vam deixar que el gat entrés més.

La Margarida anava traduint-me a l'espanyol tot el que l'ocell li deia, i jo prenia notes a mà. A vegades els havia de dir que afluixessin, perquè em resultava difícil seguir el ritme. Llavors era quan ella somreia. Amb tot, el seu rostre era com un cel de tardor, brillant un moment i ennuvolat el següent. Ho estava passant malament.

El xiuxiueig podia durar estona, depenia del que hagués vist i sentit la mallerenga, però mai baixava de l'hora. En acabat, ens n'anàvem cap a la cuina, on ens esperava un bon sopar. Havent sopat, xerràvem una mica però de seguida ella es retirava a la seva habitació amb algun llibre a les mans. De fet, es notava que volia evitar qualsevol conversa que pogués derivar cap a la meva immensa admiració envers ella. Però jo havia fet un pacte, i el *messere* semblava tenir paraula. Caldria esperar. Després que ella se n'anés, jo em quedava una estona. Solia escoltar les emissions per ona curta de la BBC per mirar d'estar al dia, sobretot en política internacional. Cada dia que passava, la temperatura d'Europa s'elevava una mica més. També em va permetre assabentar-me de la mort, el dia 10, del papa Pius XI, el que havia estat abanderat de l'anticomunisme i que fins i tot va beneir els canons de Mussolini abans de la invasió d'Abissínia, tot qualificant el dictador "d'home enviat per la providència" i que, com no podia ser d'una altra manera, l'endemà de la seva desaparició va ser lloat per *La Vanguardia: ...No se comprendería por completo nuestra Cruzada si nos hubiera faltado el aliento de la Iglesia y la pasión que encendía en nuestros corazones el ludibrio de que les rojos la hacían objeto. Pio XI era la antorcha de este inigualable y milagroso florecimiento. Por eso su muerte ha producido en el mundo una sensación penosa y desconcertante, como la del que se encuentra, de repente, entre tinieblas.* Sense comentaris.

En vam estar parlant una estona amb en Met i la Margarida a l'hora de dinar, i ell va dir que el successor seria igual o encara pitjor.

Després d'escoltar la ràdio agafava un llibre i em posava a llegir a l'habitació fins que la son em vencia.

Els matins, havent esmorzat, abans de res mirava les correccions i els comentaris que m'havia fet el *messere* sobre l'article que li havia lliurat el dia anterior. Vaig dir-li que primer ho escrivia en espanyol, perquè així era com m'ho traduïa la Margarida, i que em serviria per poder fer-ne una edició per a Sud-amèrica. No volia dir-li la veritat, no fos que m'exigís lliurar sí o sí els articles a la Margarida. No em va fer cap observació sobre la qüestió. Cal dir que si hi havia algú que en aquest món entengués de periodisme, aquest era ell. Per a mi va ser com un curs accelerat amb el millor professor que algú es pugui imaginar mai. Des de l'enfocament general, fins al més mínim detall de sintaxi, passant per la tesi del reportatge, no se li escapava res en absolut. A més, sempre em deia: «Escriu, torna a escriure, reescriu, fins que quedi perfecte, perfecte!». És clar que és el que jo sempre he fet, però aquells dies no tenia l'ajuda d'una aficionada com la meva exnòvia, sinó la d'un autèntic mestre del periodisme. Cal dir que quan posava els fulls a la màquina i feia córrer el rodet em semblava sentir melodies excelses de Beethoven, Bach, Händel... Com si fossin el preàmbul sonor d'una gran obra. Estava convençut que els lectors caurien de cul quan llegissin els reportatges. Si en comptes d'anglès fos americà, em donarien el Pulitzer, segur.

Un cop donava per enllestida la darrera versió de l'article, el deixava llegir a la Margarida i després l'arxivava. De moment, i per sort, no m'havia dit què els hi lliurés. M'imagino que volia esperar a tenir-ne suficients. Em tranquil·litzava pensar que, mentre estiguessin en poder meu, en podria fer el que volgués. A continuació n'escrivia la versió anglesa. Després repassava tot el que havia escrit a mà la nit abans i en començava un de nou.

La Margarida es dedicava a arreglar-se la roba i les seves coses, ja que no volia que en Januskoff se'n fes càrrec. També llegia una bona estona, escoltava la ràdio o escrivia cartes als seus familiars. Cap a la una dinàvem i, malgrat que el servent era un gran cuiner i que ens feia menges delicioses, no hi havia dia que ens escapéssim de trobar-nos patates per algun lloc —potser no va ser bona idea haver-li ensenyat la cambra plena de tubèrculs fins dalt.

Havent dinat jo feia una mica de becaina i després continuava escrivint a màquina fins que arribava la mallerenga. Ja en tenia uns quants, de reportatges: *Presó model, l'infern roig; El assassinats del Camp de la Bota; El gran negoci de l'estraperlo; Homosexuals: la persecució implacable; Mentides de sagristia; Auxili Social, la caritat despietada; Les mantingudes del règim; Quintacolumnistes de pro*. Cada article que acabava era un pas més cap a la negativa a lliurar-los al PSUC. M'hi veuria en cor? Quina seria la reacció d'ella?

Uns set o vuit més i ja en tindria prou per al llibre. He de reconèixer que mai a la vida havia escrit reportatges amb tants detalls, amb tanta informació privilegiada, amb diàlegs sorprenents, ficant-me en el cervell dels protagonistes, canviant els punts de vista... La Sephiroth superava totes les expectatives i en Met era el mestre que em guiava. Estava convençut que el llibre que publicaria amb el recull d'articles tindria un gran èxit. Això, sempre que no caigués en mans franquistes abans. A vegades semblava que m'oblidés del perill de ser desemmascarat. Potser el fet d'estar amb en Met em donava un excés de confiança, però calia que no oblidés que ell no era Déu, mai més ben dit.

Aquell dissabte feia bo i el fred havia baixat una mica, tot i que dintre el pis no en passàvem gens. Havent esmorzat vaig posar-me a teclejar amb una bona tassa de te al costat i en Cruma fent-me companyia. Al cap de poc vaig sentir la veu de la Margarida que em deia alguna cosa. Em vaig girar i no m'ho podia creure: lluïa una cabellera rossa impressionat i anava molt ben vestida. Ella va somriure ensenyant les dents que tant m'agradaven, semblava una altra, plena d'alegria i de vida. Portava un vestit blau marí amb prisats estrets que li baixava per sota genoll, un cinturó negre de xarol que li feia la cintura encara més estreta, una jaqueta de pell clara amb muscleres, botons marró fosc i amb un coll de pèl blanquinós. Les sabates eren de taló, blanques amb tires negres. També duia un parell de braçalets daurats al canell esquerre, unes arracades platejades en forma de pera i un collaret de perles que semblaven autèntiques. S'havia pintat força i amb una mà aguantava un portamonedes negre amb incrustacions de pedres precioses. Durant uns instants el meu desconcert va ser gairebé total.

—Michael, voldria que m'acompanyessis a fer un tomb, amb aquest dia tan maco que fa... T'agrada la meva perruca?

Un dels pocs avenços que havia aconseguit era que ens tutegéssim.

—Guideta, si el que volies era impressionar-me, et ben juro que ho has aconseguit —vaig dir tot aixecant-me de la cadira.

—Vés a la teva habitació, on trobaràs vestit, camisa, corbata, cinturó, sabates i barret, tot nou, i un abric de llana que ja el voldrien tenir els més alts jerarques del règim. Ah, i no oblidis de posar-te els botons de puny d'or que hi ha damunt la tauleta de nit.

Vaig fer el que em deia, i mentre em vestia m'anava amarant d'una emoció difícil de descriure. M'imagino que sentia alguna cosa semblant al que senten el nuvis enamorats quan es posen el vestit de casament. Aquella sensació d'estar-te arreglant per fer una cosa que serà única a la teva vida i que et deixarà un record impossible d'esborrar.

Un cop vestit, em vaig mirar al mirall de l'armari i, mal m'està el dir-ho, feia molt de goig. El vestit, de color negre amb una mostra de ratlles fines amb un petit relleu, era molt elegant. L'americana tenia tres botons de nacre i era força entallada. Els pantalons tenien una caiguda impecable, com si barrejades amb la tela hi haguessin partícules finíssimes de plom per donar-los un lleuger grau de rigidesa. El cinturó també era negre i d'una pell més suau que un pètal de rosa. La camisa, blanquíssima i amb un coll més punxegut del que era habitual, tenia una textura especial que semblava que no portessis res al damunt. Els botons de puny eren d'or massís, segurament de molts quirats, i tenien una forma de rombe irregular. La corbata, de seda pura, tenia ratlles gruixudes obliqües de color roig sang i blau cel alternativament —segons vaig saber, l'havia triat en Met personalment—. Les sabates, negres i d'una pell molt brillant, acabaven amb una punxa exagerada. El barret era de feltre negre, amb les ales una mica inclinades i amb una banda de cinta marronosa. Finalment, l'abric era blau marí intens i m'arribava sota genoll, gairebé als peus.

A la butxaca dels pantalons m'hi vaig trobar un bon feix de bitllets que semblaven acabats de fer.

Per un moment em va venir al cap el desagradable incident amb el cambrer del Cafè Vienès, però a l'acte vaig tenir clar que en Met no cometria l'error de fer-me anar amb diners caducats.

En sortir de l'habitació em vaig topar amb en Januskoff i en Met, i, és clar, en Cruma, que em guaitaven palplantats al passadís amb cara d'admiració. El servent va dir-me que llavors sí, que semblava un autèntic *milord,* i en Met em va donar un paper amb dues adreces anotades. Després va fer un gest afirmatiu amb el cap mentre mig aclucava els ulls i va dir: «Avui, sí».

Les cames em van tremolar.

Vam agafar el carrer Consell de Cent fins a arribar al passeig de Gràcia. La primera adreça que hi havia anotada al paper era la del restaurant Set Portes. Li vaig preguntar a la Margarida si el coneixia, i em va dir que sí però que era molt car. Li vaig dir que no s'amoïnés, que convidava jo. Vam començar a baixar pel passeig agafats de bracet per no despertar sospites. Érem dos burgesos enravenats que havíem guanyat la guerra i sortíem a passejar la nostra opulència sense complexos ni miraments. S'havien acabat els dies que havíem d'amagar la nostra condició com si fossin empestats, que ens havíem de vestir amb roba gastada per no cridar l'atenció. Mostràvem de forma insolent, procaç, la nostra condició benestant. El sol surt per a tothom igual.

De fet, el sol aquell dia era especialment brillant. Feia un airet de ponent que havia netejat l'ambient, però sense que fes massa fred. Les rajoles del passeig reflectien amb força els raigs de l'astre. Ens creuàvem amb d'altres parelles com nosaltres a les quals saludàvem de forma educada i elegant alhora, com si els coneguéssim de tota la vida, tot procurant que el riure no se'ns escapés per sota el nas. Ells ens contestaven la salutació, segurament pensant que érem uns rics i influents potentats.

Vam passar per davant d'un aparador d'una botiga de roba i en veure'ns, com si fos en un mirall, amb aquella fila, una mica més i sí que ens agafa un atac de riure allà mateix. Alguns pobres ens van demanar caritat, i fèiem com si no els veiéssim. Vam travessar la plaça Catalunya, plena de coloms —aquest cop per sort sense missa—, i ens vam entretenir una mica mirant com els nens els donaven pa sec i altres rampoines. Les criatures reien i jugaven perfectament alienes a tot el que havia passat, per a elles només era un dia esplèndid per gaudir-ne.

Vam agafar la Rambla pel passeig del mig. Anàvem baixant a poc a poc, sense pressa. Hi havia molta animació, quioscs de premsa, grupets de gent fent-la petar. Més avall es veien parades de flors. Res a veure amb l'ambient trist de només feia uns dies.

De tant en tant la Margarida em feia alguna observació relacionada amb episodis de la guerra que havien succeït allà mateix. Quan passàvem per davant d'un portal a mà esquerra, me'l va assenyalar i va dir-me:

—Aquí és l'últim lloc on van veure en Nin. Saps qui era?

En aquell moment si em punxen no em treuen sang. Vaig trigar una mica a respondre. Durant els dies que havíem estat junts, havia aconseguit, no sense esforç, arraconar la meva militància trotskista a la cambra dels mals endreços. Per davant de tot passava la publicació de llibre, i parlar de política podria engegar-ho en orris.

Vaig evitar sempre fer-ho, com ella evitava parlar d'amor.

—Bé, ja que ho dius em sona d'alguna cosa…

—Sí home, el líder del POUM, els trotskistes que col·laboraven amb Berlín per anar contra la República burgesa. Sembla ser que agents de la Gestapo se'l van endur, ves a saber per què, i ja mai més ningú no n'ha sabut res.

Gestapo, anar contra la República… Jesucrist! Per molt que digui en Met, els russos se'l van endur cap a Madrid i segur que el pobre està sota terra. La tàctica estalinista de sempre: acusar els opositors de formar part d'una conjura feixista internacional per desestabilitzar la revolució, Bukharin, Kàmenev, Trotski, Nin… Qui serà el proper? Les entranyes se m'estaven revoltant de mala manera.

Però no l'hi podia dir, no m'atrevia, almenys allà al mig de la Rambla. Li vaig proposar d'anar fe un cafè a la cafeteria Moka, que estava just al costat del portal. Calia guanyar temps. A fora a l'entrada de l'establiment hi havia penjada una pissarra que posava «Tenemos café, café», la xicoira, almenys allí, havia passat a millor vida. A la paret de l'altra banda de la porta hi havia pintades en negre les siluetes de Franco i José Antonio Primo de Rivera amb la frase «Por el imperio hacia Dios» —segur que a en Met li deurien agradar d'allò més, aquelles pintades.

Ens vam asseure en una taula i el cambrer ens va servir dos cafès molt calents. Ella estava força animada, semblava com si volgués oblidar tot aquell malson. Tenia la seva cara a dos pams de la meva i jo la trobava guapíssima, els seus ullassos em miraven d'una manera diferent. El cor m'anava a cent. Recordava en Met: «Avui, sí». I vaig decidir que aquell dia, sí. No volia que per culpa de la discussió política que esdevindria inevitable, i que podria acabar malament, es trenqués la màgia que de cop havia aparegut entre nosaltres, i vaig continuar amb la mateixa tàctica que fins ara: fer-me el desentès. Però aquest cop amb un motiu afegit, l'amor de la Margarida.

—Fa un dia esplèndid i tu estàs preciosa, Guideta.

Va fer veure que no ho havia sentit i va dir:

—¿Saps que davant de la porta d'aquest cafè, el maig de l'any passat no l'altre, un grup de guàrdies civils va fer-hi una barricada amb les taules i les cadires per disparar contra una colla de la FAI i del POUM que hi havia a l'altra banda de la Rambla? Se'n va armar una de grossa. Una guerra dintre la guerra. Per sort, a partir d'aleshores les coses es van normalitzar i aquella colla d'eixelebrats no van empipar més... Però, tot plegat, per què? Per aquesta derrota humiliant.

I tant si ho sabia! A l'*Homenatge a Catalunya* s'explicava amb tot detall els enfrontaments del maig entre la Generalitat, amb el suport del PSUC i d'altres, per una banda, i anarquistes i trotskistes per l'altra, ja que ell era un dels trotskistes de l'altra banda i de *l'altre bàndol*.

Però la Margarida s'havia posat trista, havia aparegut aquell núvol conegut que es gronxava davant dels seus ulls. Vaig voler-la animar:

—No hi pensis. Ara cal mirar endavant. Les coses poden canviar en un tres i no res. La situació s'està complicant molt a Europa i qui sap què pot passar.

—Passi el que passi, els somnis que la guerra m'ha estroncat ja mai més ningú no me'ls tornarà.

La cosa s'estava torçant per moments. De la gairebé *joie de vivre* estàvem a punt de travessar el llindar de la depressió. Calia aturar-ho!

Vaig demanar al cambrer dos conyacs. Ella no va protestar.

Ens els va portar de seguida i ens els vam veure gairebé d'un glop. Era evident que els necessitàvem. En vam demanar dos més.

Vam continuar el camí cap al restaurant. La veritat és que gairebé fèiem tortes, però agafats l'un amb l'altre encara ens aguantàvem prou bé. Just sobrepassar l'església que fa cantonada amb el carrer del Carme, que per cert estava mig derruïda, vaig veure una joieria. En passar per davant vaig aturar-me a l'aparador i ella també es va parar. La seva vista es va fixar en un anell situat a primera fila. Era d'or blanc i portava diamants incrustats per tot el cercle. Estava coronat per una pedra tallada enorme de robí, encastada damunt d'una base ovalada també d'or i diamants.

—T'agrada?

—I tant!

—Te'l compro.

—Estàs borratxo?

—Quasi. Entrem! En Met m'ha donat molts calés.

—M'agrada molt, però només pensar en el que costa em marejo. Una família podria viure un any sencer amb això.

—No hi pensis en els diners, ara. Te'l compro.

Vam entrar, se'l va emprovar, i a les seves mans blanques i fines quedava de meravella. Els ulls li feien pampallugues. Jo ja estava traient els bitllets per pagar quan de bursada se'l va treure i va sortir rabent de la botiga sense dir res. Vaig improvisar una excusa i la vaig seguir Rambla avall. Em va costar atrapar-la. Vaig fer que es parés, no sense dificultat. Em va dir mig plorant que m'oblidés d'ella, que era una dona casada i que la deixés tranquil·la. No em vaig rendir i li vaig demanar, suplicar, implorar que continuéssim junts, si més no per aquell dia. Que després ja veuríem. Durant una bona estona vam anar caminant de costat sense dir res. En passar per on havia conegut l'andalusa desdentegada em va semblar veure-la parlant amb un home. Per si de cas vaig accelerar el pas, no fos que em reconegués i em cridés. En arribar al monument a Colom em va tornar a agafar de bracet. Després vam torçar cap l'esquerra i vam enfilar el passeig del mateix nom, ple de palmeres. Al cap d'una estona vam arribar al restaurant. Estava situat dessota uns porxos amb arcs, fent cantonada. La rebuda va ser d'allò més cordial. No teníem taula reservada però el nostre port era la millor reserva. Les taules estaven ocupades per parelles de burgesos, ells amb vestits seriosos, corbates i alguns llaços, a part d'algun uniforme militar; elles amb vestits alegres, blaus, verds, estampats i totes amb escots generosos. Cada taula la presidia un gerro amb un pom de roses blanques. La coloraina d'allà dins contrastava amb l'onada d'ombres macilentes que omplia els carrers. Ens van acomodar en una taula molt ben situada, a recer de mirades indiscretes. El cambrer es va desfer en atencions. Vam demanar una paella amb marisc, boníssima. Ens va recomanar un vi excel·lent del qual vam prendre dues ampolles. A l'hora dels cafès vam prendre un conyac cadascú. Es podia dir que anàvem arreglats. Vaig anar al lavabo i, per si no en tenia prou, em vaig prendre una bona dosi de cocaïna. Després vaig pagar i vaig deixar anar una propina que al cambrer una mica més i se li trenca l'espinada amb la reverència.

Vam sortir del local envoltats de mirades barreja d'admiració i enveja. Érem joves, guapos i rics. Vaig parar el primer taxi que passava i li vaig ensenyar al taxista l'altra adreça que m'havia donat en Met. Va mirar-nos de reüll, va somriure lleugerament i va enfilar Via Laietana amunt. Quan passàvem per on en Januskoff va fer volar la moto, vaig estar a punt d'explicar-l'hi a la Margarida, però em vaig contenir. En comptes d'això, la vaig besar a la boca de forma tan natural que ella no s'hi va resistir ni poc ni molt. El taxista ens espiava pel mirall retrovisor. Ja feia estona que circulàvem, però la veritat és que no tenia temps per fixar-me per on anàvem, estava massa ocupat amb els seus llavis. Eren d'una carnositat excepcional. La seva llengua es movia dintre la meva boca com una serp encantada, rígida i harmoniosa. Alhora les meves mans exploraven el seu cos amb delit i les seves el meu amb atreviment.

El cotxe va parar davant d'una torre amb jardí. Érem a la part alta de la ciutat. Vaig pagar sense propina, ja que el taxista havia gaudit d'un bon espectacle de franc. A la porta de ferro del jardí ens va rebre un empleat amb frac o esmòquing, la veritat és que sempre els confonc —i amb l'estat en què em trobava encara més—. Ens va fer passar i ens va recomanar una habitació. Vaig pagar i vam pujar per un ascensor interior acompanyats per ell mateix. Ens va obrir la porta i molt educadament ens va desitjar una feliç estada. En tancar la porta, el cap em donava voltes. Estava marejat com una sopa i força nerviós. La Margarida semblava més serena. Ens vam despullar bastant ràpid. L'habitació tenia una llum tènue però suficient per adornar-nos que tant el llit com la resta de mobiliari eren de gran qualitat. Hi havia un tocador preciós, amb mirall rectangular amb marc de fusta, damunt del qual hi havia un gerro blanc de porcellana decorat amb flors i un parell de palanganes també de porcellana. El llit tenia un dosser de fusta amb cortines florejades de seda. Els porticons de les finestres estaven tancats i les cortines eren força gruixudes, per la qual cosa la llum de l'exterior no existia.

Vam estirar-nos nus al llit i vam començar a besar-nos amb força. Tenia un cos esplèndid. Vaig abandonar la seva boca per dedicar-me als pits, a la panxa, als malucs, a la vagina, a les cames, als genolls, als peus. La meva boca anava amunt i avall sense parar. Ella gemegava força fins que em va demanar que la penetrés.

No vaig poder.

El meu membre estava més flàccid que una salsitxa bullida.

Vaig estirar-me de panxa enlaire avergonyit i derrotat. Ella s'ho va agafar bé. Em va dir que no m'amoïnés, que aquestes coses passaven i que no hi dónes importància. Em va sonar igual que quan una mare consola un fill per una cosa que no ha sabut fer bé.

Quan vam arribar a la pensió ens esperaven com si tornéssim de la passejada que fan els nuvis després de casar-se. En Cruma i la Sephiroth, fent curses com sempre, ens van venir a rebre. En Met i el servent s'estaven al menjador sense dissimular gens la seva curiositat. No van preguntar res, però les seves mirades els delataven. Quan es van fixar en la meva cara, no obstant, van entendre que alguna cosa no havia anat a l'hora.

Llavors en Januskoff va agafar un paper doblegat de damunt la taula i li va donar a la Margarida, que el va agafar d'una revolada, com si en conegués el contingut.

En Moisès era viu.

Una dona d'un pres havia portat aquell paper, que estava lligat a una pedra i que havia recollit a l'altra banda de la tanca de filferros del camp de concentració d'Horta, que s'acabava d'obrir. Estava escrit per en Moisès i demanava que es portés a dues adreces, la de la parella i la dels seus pares. Per sort, la missatgera havia anat primer a la que li quedava més a prop.

La noia va trigar una mica a reaccionar. Es mirava i remirava el paper com si no s'ho acabés de creure. Després ens va desitjar bona nit i es va retirar a la seva habitació. Em va semblar que em guaitava de reüll per veure quina cara hi posava. La meva reacció va ser, si més no, infantil. En aquell moment vaig pensar que s'havia acabat el que just acabava de començar. Que poc que conec les dones!

En Met va veure la meva cara de preocupació i va dir: «*Si vis amare, ama.* Sèneca».

12 DE FEBRER
El dimoni treu el cap

VAIG PASSAR UNA nit horrible. Em vaig aixecar un parell de cops a vomitar, vaig anar de ventre diverses vegades i, al matí, encara tenia el cap emboirat. Caldria passar la ressaca de la millor manera possible. Només vaig prendre una tassa de cafè per esmorzar. La Margarida encara dormia, o com a mínim no havia tret el nas, tot i que jo m'havia llevat força tard. De fet, me'n vaig alegrar, ja que encara no em venia gaire de gust veure-la. Volia que passés una mica de temps per poder pair el que havia passat el dia anterior.

Era diumenge, i ja que el país estava sota el mantell protector de l'Església, no seria jo qui li portaria la contrària. Vull dir que, ja que era festa de guardar, vaig decidir no treballar. En Met segur que ho entendria, perquè, tot i odiar-la com no he vist fer-ho mai a ningú, li tenia un gran respecte, a l'Església. O a mi m'ho semblava —de fet no era estrany, una institució que ha sobreviscut pels segles dels segles basant-se en faules delirants com la immaculada concepció i la resurrecció de la carn, entre altres bajanades, se'l mereix tot, el respecte—. Amb tot, amb la boira que portava enganxada a sobre com una paparra poc hauria pogut escriure. Fins la Sephiroth ho sabia. Estava damunt el llum del menjador, immòbil i sense cap intenció visible d'aixecar el vol. Ni tan sols piulava.

A més, a ell li havia venut l'ànima, i no el cos, i jo escolto amb les orelles, teclejo amb els dits i penso amb el cervell. On és l'ànima?

Em vaig asseure a una butaca. En Met semblava que no hi era. M'ho va confirmar en Januskoff: com sempre, havia hagut de sortir corrents i de pressa per un assumpte urgent. El servent va fer gala un cop més de la seva eficàcia i em va allargar el diari. Cap novetat important. A la portada, la informació sobre els funerals a Roma pel Papa mort. Com vaig sentir dir a algú, «que en guerra descansi!».

Quan estava repassant la cartellera de cinema, la meva vista es va aturar de cop en un títol que em va fer somriure: *Cuando el diablo asoma*. Els actors principals eren d'upa: Joan Crawford, Clark Gable i Robert Montgomery. L'havia vist a Londres i el títol original, «*Renuncia a tots els altres*», no hi tenia res a veure —la paranoia catòlica veia Satanàs per tot arreu. No era cap gran pel·lícula, però em faria gràcia tornar-la a veure, ara doblada a l'espanyol. Anava d'un embolic amorós entre antics amics d'infància que van i vénen, que tan aviat es comprometen en matrimoni com se'n desdiuen. Segur que les veus dels actors i les frases em farien riure. Em vaig recordar que li havia promès a la Caritat que la portaria un dia al cinema. Vaig anar a l'habitació a buscar el seu telèfon. No em feia gaire gracia trucar des de la pensió, per allò de les escoltes, però vaig pensar que en ser diumenge segurament la vigilància seria menys estricta. Em vaig arriscar i vaig marcar el número. Després de tres tons es va despenjar l'auricular.

—Bon dia, Michael Dewman a l'aparell. Que hi és la Caritat? —a l'acte em vaig penedir d'haver dit el meu nom veritable.

—Un moment, que aviso la nena —va dir-me una veu rogallosa. Em va fer gràcia això de *la nena*.

—Home, el periodista intrèpid s'ha recordat de mi! Al·leluia!

—Caram! Només han passat uns deu dies! —vaig voler-me justificar.

—Sí, però n'he vist de més ràpids. Com va la cama?

—Puc tornar a fer els 100 metres llisos en menys de 12 segons. Segur que n'ha vist de tan ràpids?

—Em conformo que m'aguanti una bona passejada arran de mar —va dir mig rient.

—D'acord, però després anirem al cinema. Vull veure una pel·lícula que fan al Kursaal.

—Bé, espero que hagi triat bé com a mínim la pel·lícula, perquè Kursaal en alemany vol dir «sala de cures», ha, ha. Ens trobem a les quatre sota l'estàtua de Colom.

Vam penjar.

Ben mirat, era una gran idea. Des que havia arribat a Barcelona, ja feia una pila de dies, com aquell qui diu, només havia vist el mar una vegada, el dia que vaig arribar. I mira que m'agrada a mi, el mar. Vaig tenir la sort de poder sortir a navegar alguns estius amb el fill de l'amo de la fàbrica del meu pare. Anàvem a Brigthon o a Portsmouth, i la veritat és que me'n sortia força bé, amb tot allò de les veles, els vents, el timó... No sé si encara me'n recordaria.

Entre una cosa i l'altra, ja s'havia fet l'hora de dinar. El servent ja el tenia preparat. A la taula només hi havia dos coberts. En Met no vindria. La Margarida tampoc no va aparèixer. Vaig dinar sol. La tristor m'anava pujant a poc a poc. En Cruma em mirava com si endevinés que estava pensant en ella. En Cruma no ho estarà mai, d'enamorat, no tindrà mai aquest buit a l'estomac que sembla que t'hagi d'acabar foradant. No tindrà els pensaments embullats com el fil d'un cabdell que acaba de caure a terra. A vegades penso que l'existència sense dones seria més plàcida, més avorrida però més plàcida. Seria tot plegat molt anodí, molt ensopit..., però, caram, quina tranquil·litat d'esperit!

Havent dinat, vaig fer una mica de becaina en una butaca del menjador. De seguida es van fer les tres. M'havia d'arreglar una mica i no volia arribar tard. Calia deixar la puntualitat britànica en bon lloc. Vaig sortir al carrer que devien ser dos quarts de quatre. Encara tenia molts diners a la butxaca, així que vaig agafar un taxi. Vaig arribar abans d'hora, cosa molt normal en mi. La perspectiva de la Rambla des del peu de l'estàtua era força diferent. Era com un riu que anava escampant el seu cabal humà en un delta d'asfalt. La riuada de gent que baixava Rambla avall es diluïa entre carrers, carrerons, el moll... El més curiós és que la gent mai s'acabava, sempre n'hi havia de nova. És ben curiós, això de la Rambla.

Sota un dels lleons de bronze que hi ha al monument hi havia una dona gran amb una bata blanca que feia fotos amb posats divertits a qui li volgués pagar. Tenia una caixa amb un objectiu frontal fixada damunt d'una estructura de fusta de quatre potes, que acabaven amb una petita roda amb radis cadascuna, que segurament devien ser de bicicletes per a nens. Això li permetia moure l'andròmina amb facilitat. Al lateral de la caixa hi havia subjectes dos plafons plens de fotografies fetes en aquell indret. Era la seva publicitat. Quan algú li deia que endavant, la dona amagava el seu cap de cabells blancs sota una tela negra i després deia amb veu amable: «No es moguin, sisplau, que d'aquí en sortirà un ocellet» —en sentir-ho, no em vaig poder estar de pensar en la mallerenga—. Treia el cap, ficava les mans amb cura dintre la caixa i començava a moure-les com si preparés algun misteri. Era com una cerimònia estranya que durava només uns minuts, i després s'esdevenia el petit miracle: la foto. Els qui havien posat li pagaven i es miraven enriolats les seva imatge per a la posteritat. N'hi havia d'agosarats que s'enfilaven al llom del lleó i ella els renyava, mig seriosament, mig en broma.

Vaig mirar el rellotge i ja eren les quatre tocades i ni rastre de la Caritat. Vaig pensar que la puntualitat no era la virtut més destacada dels espanyols. O almenys aquesta era la brama que corria per Anglaterra. Si hi afegim que era un dona, vaig arribar a la conclusió que no calia desesperar, que ja arribaria a una hora o altra. Efectivament, quan ja passaven cinc minuts de dos quarts de cinc, la vaig veure que venia cap al monument des de la Rambla. Caminava força ràpid i anava molt mudada, amb una jaqueta tres quarts de color blau marí i un vestit gris clar de faldilla llarga, que se l'ajustava amb un cinturó negre. Portava un barret molt elegant, tipus pamela, i unes sabates de tacó baix. Li vaig fer senyals amb la mà i en veure-ho me'ls va tornar i va ajuntar les mans com si demanés perdó. Jo li vaig fer un gest com si la renyés i es va posar a riure.

Ens vam saludar i em va demanar disculpes pel retard. Li vaig dir que com a penyora ens havíem de fer una foto i que la pagaria ella. Ho vam fer i ella es va posar de biaix a la càmera amb una cama mig aixecada, les dues mans sobre el genoll i el cap inclinat enrere amb la barbeta amunt, com un estrella de Hollywood, i jo, per no ser menys, vaig posar un genoll a terra i un braç estès cap ella, com si l'adorés. La gent del voltant es pixava de riure. Quan vam veure la foto, nosaltres també.

Se la va guardar ella al seu portamonedes i vam començar a caminar en direcció a la Barceloneta. Bufava un ventet de llevant que ens feia voleiar una mica a mi la gorra i a ella el barret. Les barcasses anomenades Golondrinas, amarrades al moll, també es bellugaven una mica. Em vaig adonar que les banderes dels edificis oficials onejaven a mitja asta per la mort del pontífex, tal com havia llegit al diari. La Caritat semblava contenta. Segur que era d'aquella mena de persones que, per moltes coses que els passin, sempre fan bona cara. És una sort ser així. Després d'haver parlat una estona sobre la seva feina i els meus articles, li vaig deixar anar:

—Vostè que ha estudiat idiomes, sap què vol dir «*si vis amare, ama*»?

—Això, més o menys, vol dir que si vols ser estimat, has d'estimar. O dit de forma més planera: amor amb amor es paga.

—Vaja, que fàcil no?

—No s'ho pensi pas. Estimar de veritat és més difícil del que sembla. Molta gent es pensa que estima, i l'únic que fa és estimar-se a si mateix a través de l'altre. Quan l'altre deixa d'oferir-li el que necessita, adéu amor.

—Però si ja no et donen el que necessites, quin sentit té continuar?

—Tot i cap. Si vostè vol estimar algú, faci-ho, encara que l'altre no li ofereixi res a canvi. Si el que vol és, com gairebé tothom, rebre coses a canvi del seu amor, estimi només fins quan deixi de rebre la recompensa.

—Sona una mica dur, dit així.

—Sí, de fet no ens agrada que se'ns compari amb un animal qualsevol. Els humans ens creiem millors. Ho dic perquè si vostè no li dona menjar al seu gos, ja veurà que poc que triga a ensenyar-li les dents. Bé, però ara que ho diu, el noto una mica amoïnat. Deixi'm endevinar-ho, té problemes amorosos.

Realment, la Caritat tenia un sisè sentit per copsar les coses. Jo m'havia esforçat perquè no notés res, però havia estat inútil. No obstant, en el fons, jo desitjava poder-ne parlar amb algú que no fos en Met o en Januskoff. Diuen que parlant surten les idees, o si més no s'aclareixen.

Ja estàvem al final del passeig de Colom quan vam decidir anar a fer un cafè a una terrassa d'un bar protegida per una mampara de fusta i vidre, des de la qual podíem veure el port i el mar. L'estat de les installacions portuàries era llastimós. Les bombes dels avions hi havien fet estralls: molls destrossats, magatzems destruïts, nombrosos vaixells danyats i mig enfonsats. Semblava un cementiri macabre de naus que mai més no navegarien.

Amb tota la ferralla a la vista, va ser quan li vaig explicar l'embolic amb en Met, la Margarida i tota la pesca, tot assumint el risc que em prengués per boig.

Ella no es va mostrar gaire sorpresa per tot plegat, com si d'alguna manera se n'hagués maliciat alguna cosa. Va encendre una cigarreta i, després de les primeres calades, va dir:

—Vostè i jo ja tenim una cosa més en comú, tots dos ens hem embolicat amb una persona casada. Espero que a vostè li vagi millor que a mi —Va inspirar fondo i va fer espetegar la llengua un parell de cops—. Tingui fumi —em va donar una cigarreta.

Em vaig sentir malament. M'havia esbafat amb aquella santa, que segurament havia anat a una cita amb l'esperança de caçar un altre xicot anglès —aquest cop solter— i es va trobar amb un enamorat confós, i que a sobre li va explicar una història, si més no, delirant.

Abans que jo pogués dir res, ella va deixar anar:

—Sap que des que van entrar els franquistes s'estan donant molts casos de dones «endimoniades», que en diuen ells? Són dones, segurament epilèptiques i desesperades per la situació, que agafen atacs de nervis i comencen a dir i a fer disbarats. A algunes ja les han tancat al manicomi. En canvi, es comenta que en alguns casos ha aparegut de sobte un home amb barba blanca que amb quatre gestos estrambòtics les calma a l'acte, i que un cop feta la feina se'n va sense deixar rastre. Curiós, no?

Acabava de trobar l'explicació als assumptes urgents d'en Met.

—I tant curiós! Tant, que fins i tot li podria dir els dies i les hores en les quals això ha passat. En Met no en dóna cap per perduda! No suporta la mala propaganda.

La Caritat em va mirar divertida. La veritat és que no sabia si s'ho havia cregut o no, això d'en Met i companyia, però almenys ho feia veure. La conversa i la visió del mar, tot i que força gris i brut, m'havien ajudat a asserenar-me força. D'altra banda, a ella semblava que ja li havia passat la contrarietat que m'havia semblat copsar per uns moments quan nli vaig parlar de la Margarida. Quan vam sortir del bar camí del cinema, vam passar per davant d'un balandre que semblava nou de trinca i que portava bandera alemanya. Rodejat de tanta ferralla encara destacava més. Duia el nom pintat en vermell, *Sturm*. Li vaig preguntar si volia dir tempesta, ja que s'assemblava molt a la paraula anglesa, i va dir-me que sí. Curiós nom per a un vaixell, vaig pensar. Llavors va ser quan em va dir que era propietat del consolat, que era un regal d'un banquer mallorquí. Com que li havia dit que m'agradava navegar, em va dir que miraria de convidar-me per dissabte vinent, ja que s'estava preparant una sortida amb personal del consolat i convidats. Vaig acceptar amb molt de gust la invitació.

Vam decidir anar al cinema caminat, ja que teníem temps. El Kursaal estava situat a la Rambla Catalunya, per sobre de la plaça Catalunya, i vam evitar pujar per la Rambla, que a aquelles hores era un formigueig de gent. La Margarida em va fer de guia per una Barcelona desconeguda per a mi. Vam entrar per uns carrerons que semblaven carregats d'història. Un passeig on es feien els tornejos medievals, una imponent basílica amb uns vitralls espectaculars, palauets gòtics encantadors... Fins que vam anar a parar a través d'un carrer estret i costerut a la Via Laietana. Vam anar pujat amunt i, quan vam passar per davant d'un edifici oficial, em va dir que era la Prefectura Superior de Policia, i que en aquells moments els sues soterranis devien estar plens d'homes i dones sofrint els maltractaments i les tortures dels franquistes. Es va quedar una estona pensativa, però de seguida va tornar a recuperar el bon humor habitual.

En arribar al cinema vam ser testimonis d'excepció d'un fet si més no sorprenent. Vam veure un home com sortia corrent amb una bossa a la mà i algunes persones que el perseguien. Va córrer Rambla avall fins que el vam perdre de vista. Dubto que els perseguidors l'enxampessin, ja que anava molt de pressa. Després ens vam assabentar que acabava de robar la caixa del cinema a punta de pistola. A mi em va estranyar que amb una situació com aquella hi hagués qui s'atrevís a fer robatoris a mà armada. La Caritat em va explicar que hi havia molts homes que en acabar la guerra s'havien quedat amb una pistola a les mans. Alguns d'ells, ja que segons em va dir no era el primer cop que passava, s'arriscaven, ja fos per poder donar menjar a la família o pel motiu que fos, com ara intentar refer el PSUC en la clandestinitat. El PSUC, sempre el PSUC!

Un cop la cosa ja s'havia calmat, vam demanar dues entrades i l'acomodador ens va situar just a la darrera fila, ja que les altres estaven gairebé plenes. A la fila només hi havia parelles de joves, com nosaltres. Va començar la sessió amb una mica de retard a causa de l'incident esmentat. La Joan Crawford estava esplèndida en el paper de noia enamorada, aquells llavis, aquelles cabells, aquella silueta... De mica a mica vaig anar notant com uns moviments estranys per tota la fila. Les butaques es balancejaven endavant i endarrere sense parar. Tan aviat era la del costat com la de l'altra punta. Vaig intentar veure què passava en la foscor, i només veia abrics i jaquetes a les faldes i les parelles molt juntes. Al cap de poc, vaig deduir el que passava: s'estaven grapejant a base de bé. La Caritat, en veure la meva sorpresa, va riure, i a poc a poc em va anar posant la mà per sobre els pantalons. Em vaig apressar a posar l'abric a sobre les seves mans. Un cop ho havia fet em va començar a descordar la bragueta lentament, ara un boto, esperava una mica, i després un altre, com si volgués gaudir del moment sense presa. Jo m'anava posant a to de mala manera, entre la Crawford a la pantalla, las mans expertes de la Caritat i aquells efluvis amorosos que m'arribaven per tot arreu, el membre va trigar poc a posar-se'm dret com un ciri pasqual. La noia me'l va agafar en fermesa, com volent dir, ara és meu i només meu i en faré el que voldré. Va començar a sacsejar-lo amunt i avall amb un ritme pausat. Jo no vaig poder més i li vaig posar la mà per dessota les faldilles, de seguida vaig ficar-li els dits entre les calces i amb el del mig li vaig penetrar la vagina tan endins com vaig poder. La mullena era considerable, i com més el movia més molla estava. Vaig notar que es controlava per no cridar, gairebé es mossegava els llavis. Vam estar així una bona estona; tots dos ens esforçàvem perquè aquella cosa —no sé quin nom donar-li— no s'acabés.

Quan més engrescats estàvem, tot d'una es va parar la projecció, es van obrir els llums de la sala, i feina rai a tornar a recuperar la postura i la mida *correcta*. El que va venir a continuació va ser una de les experiències viscudes a Barcelona que més em van impressionar. Resulta que va començar a sonar pels altaveus a tot volum el *Cara al Sol*, la gent es va aixecar i, amb el braç enlaire, també el cantava. La Caritat i jo també vam alçar el braç per si de cas, i fèiem veure que també cantàvem. Després de l'himne algú va cridar amb força uns quant visques a Franco i a Espanya i la gent els va corejar. En acabat, la projecció va continuar com si tal cosa.

Després d'allò ni a ella ni a mi ens van quedar gaires ganes de seguir amb la feina començada. Vam optar per mirar la pel·lícula i puc ben assegurar que el diable no es va deixar veure ni tan sols un moment. Potser el càntics patriòtics l'havien espantat.

En sortir de la sessió ja era fosc i la veritat és que ja no em quedaven gaires ganes de fer res més. Li vaig comentar a la Caritat que havia començat a escriure un reportatge sobre la presó de dones de les Corts i que volia acabar-lo aviat. Ho va entendre, però em va demanar que li agradaria que n'hi fes una versió en castellà, que coneixia algú que n'hi trauria profit. Li vaig explicar el pla de la Margarida, la vaig convèncer que pagava la pena esperar i li vaig prometre que li signaria un llibre, com a Jorge, és clar. De ben segur que aquell algú devia ser del PSUC. Vam quedar que li trucaria divendres per confirmar la trobada de dissabte.

Quan em va dir, el dia que la vaig conèixer, que des de dins també es podien fer coses contra la dictadura, no me la vaig creure gaire, però pel que es veia sí que es podia. Ens vam acomiadar amb un parell de petons a les galtes i em va demanar que a partir d'ara, ja que ens coneixíem millor, deixéssim de parlar-nos de vostè.

Quan vaig arribar al pis vaig notar alguna cosa rara. En Cruma em va a venir a rebre, però una mica moix. Vaig entrar cap a dins i no hi havia ningú enlloc. Les coses estaven regirades, tot en doina, com si hi hagués hagut algun escorcoll o alguna cosa semblant: roba per terra, papers escampats, coses fora de lloc... Vaig córrer cap la taula on tenia desats els reportatges i no hi eren... La maleïda telefonada... Han vingut per mi i s'han emportat tota la colla.

Em va agafar *allò* però de quina manera. Vaig estirar-me sobre el llit i vaig aclucar els ulls. No podia pensar. No podia reaccionar. Només volia mirar de dormir. En Cruma em feia companyia ajagut als peus del llit.

Aquell cop no el faria fora.

No devia fer gaire estona que havia aconseguit mig adormir-me quan un bot d'en Cruma em va despertar. Se sentien sorolls i veus. Em vaig alarmar. Vaig incorporar-me d'un salt i vaig obrir la porta de l'habitació. El gat va sortir disparat. El vaig seguir amb molta precaució... Les veus d'en Met i Januskoff em van calmar. Els vaig trobar al menjador com si no se n'haguessin mogut en tot el dia

—No t'alarmis noi, som nosaltres —va dir en Met.

—On éreu? Què ha passat?

—A poc a poc. Seu, calma't, pren-te un te i t'ho explicaré.

Amb una tassa de te a les mans em va anar explicant tot el que havia succeït aquella tarda. Resulta que havien vingut uns policies a registrar el pis. N'eren quatre, manats per un caporal molt violent. Havien començat a regirar-ho tot, els armaris, els mobles del menjador, l'habitació on jo escrivia... En veure que no trobaven res que els interessés, s'anaven enfadant cada cop més i més. Fins i tot havien fet alguna destrossa. Per sort, cosa estranya, la màquina d'escriure l'havien respectat. Si n'arriben a imaginar perquè servia, no deixen cap tecla sencera, vaig pensar.

—Però, i els articles? —vaig dir ple d'impaciència.

—Estan sans i estalvis, no pateixis. Tu creus que hauria permès que uns desgraciats com aquests ens prenguessin la *nostra* obra —allò de *nostra* ho va dir arrossegant llargament la paraula—. Veig que et preocupa més la *nostra* obra que no pas l'amor, cosa que celebro —va continuar.

Tenia raó, en aquell moment em va venir el cap la Margarida.

—No pateixis tampoc per ella. Ha sortit poc després de tu i no trigarà gaire a tornar —va dir sense deixar temps que l'hi preguntés.

Després em va aclarir que quan la patrulla havia entrat al pis, ells s'havien fet fonedissos. «Recorda la tensió espai-temps», em va dir, i es va posar a riure de tal manera que les rialles ressonaven per tota la casa. En Januskoff també va riure a cor què vols, i jo, per no ser menys, també els vaig acompanyar en les rialles. En Cruma va començar a fer bots per afegir-se a la festa i la Sephiroth esvoletegava les ales com una boja.

Es podia dir que érem una *família* feliç.

Però un cop passada l'excitació del moment, en Met va sentenciar:

—Aquests malparits no trigaran gaires dies a tornar; per tant, caldrà que passem via a acabar la feina.

—Cada policia és un criminal, cada policia és un criminal, cada policia és un criminal... —anava repetint sense parar en Januskoff, mentre anava recollint totes les coses escampades per terra.

Em vaig asseure en una butaca del menjador a esperar la Margarida, ja tenia ganes de veure-la. Al cap de poc en Met i el servent van fer mutis. Després d'una estona vaig sentir la porta. Va entrar al menjador amb cara de cansada. Portava la perruca posada, però duia un vestit i una jaqueta discrets. Ens vam saludar d'un manera una mica freda. Em va dir que estava rebentada i que es retirava a descansar. Li vaig dir que ho fes força, ja que en Met volia que acabéssim la feina ràpid i que a partir de demà havíem de posar-nos-hi de valent. Em va dir que d'acord, i que demà seria un altra dia. Em vaig quedar amb les ganes de preguntar-li d'on venia.

13 DE FEBRER
Entre reixes

DE BON MATÍ em vaig posar a la feina. Tenia mig embastat el reportatge sobre la presó de dones de les Corts i el volia acabar. Al capvespre segurament la Sephiroth portaria informació per fer un reportatge nou i no em podia adormir. Al cap de poc d'haver-m'hi posat va venir la Margarida i es va asseure a prop meu. Se la veia amb més bona cara, descansada. Va preguntar-me si podia estar per ella uns estona i, naturalment, jo li vaig dir que sí.

Resulta que s'havia passat la tarda a fora del camp de concentració d'Horta, mirant si veia el seu marit. No el va veure en tot el dia, tot i que molts presos s'acostaven a la tanca de filferros per ser reconeguts pels familiars. Em va explicar que el camp estava situat en un pavelló d'obra de quatre pisos a mig construir, amb una gran descampat al davant, rodejat per la tanca. Hi feia molt de fred, tot i que durant el dia hi tocava força el sol. Tenia la serra de Collserola —la serralada que encaixona la ciutat per ponent— al darrere, i estava obert als quatre vents. Hi havia força garites de vigilància i de tant en tant entraven i sortien camions carregats de presoners.

Va estar-s'hi fins que es va fer fosc. Allí va conèixer altres familiars que li van explicar que al camp hi havia soldats capturats per l'exèrcit franquista i també alguns que s'havien lliurat de forma voluntària. També hi havia els refugiats que tornaven de França i els refugiats que eren a Barcelona i no havien tornat a les seves ciutats d'origen. És a dir, un potipoti considerable de milers d'homes deambulant com bous sense esquella. El que més preocupava a tothom era que els presoners fossin classificats desfavorablement i fossin enviats a la presó per passar consell de guerra, que en molts casos tenia el resultat de pena de mort. Amb la graduació d'en Moisès, que era capità, i el seu historial polític, tenia molts números per sortir-ne malparat.

La vaig intentar calmar dient-li que no desesperés, que mentre hi ha vida hi ha esperança i tots els tòpics que es diuen en aquestes ocasions. Però el cert és que ho deia però no ho sentia. Jo no coneixia de res en Moisès, i de ben segur que, pel que m'havia explicat, era una persona digna de continuar vivint. Però era el meu rival. Sense ell, el camí cap al seu cor s'aplanaria. De fet, quina diferència hi ha entre ell i els milers de morts anònims de la guerra? Són diferents perquè un tingui nom i cognom i els altres no? Un mort més o un mort menys, farien canviar el resultat de la barbàrie franquista? Les respostes a les preguntes les tenia molt clares, però calia dissimular.

—Mira Guideta, fem una cosa, de moment continuem amb la nostra feina i més tard ja n'hi parlaré a en Met, a veure què s'hi pot fer.

—Jo havia pensat comentar-l'hi, però...

—No, deixa-m'ho per a mi —la vaig tallar—, a en Met se li ha de saber entrar i trobar el moment adient. No t'amoïnis, confia en mi.

—Gràcies, Michael, sabia que podia comptar amb tu... perquè, daixonses... allò de l'altra dia... no sé, penso que...

Es va quedar una estona sense dir res, després es va aixecar amb els ulls humits, se'm va apropar i em va agafar el cap amb les dues mans —vaig estar a punt d'engrapar-la pel cul i arrambar-la cap a mi—, em va fer un petó al front i va sortir de l'habitació.

Per què m'havia controlat? El maleït sentiment judeocristià de culpa que ho empastifa tot? La por a la seva negativa? El record del meu *fracàs*? No ho sabia.

Vaig continuar escrivint l'article.

Al cap d'un parell d'hores havia enllestit l'article. Em quedava un cert marge de temps fins que no arribés l'ocell i hagués de començar a treballar en un de nou. Encara quedava una estoneta abans no arribés la mallerenga, així que vaig anar a veure si trobava la Margarida. Ja havia arribat i estava llegint al menjador. En veure-la, encara es va accentuar més el desassossec que m'havia creat la redacció d'aquell article. Una cosa és imaginar-se una presó plena d'homes barbuts i pollosos, i una altra molt diferent és escriure sobre un grapat de dones joves i boniques que es panseixen indignament entre quatre parets plenes de brutícia.

La presó de les Corts està situada en un antic convent que havia passat a ser un col·legi per a nenes amb una capacitat per a tres-centes. Ara de preses n'hi ha unes cinc mil. Només d'arribar les posen en cel·les d'aïllament durant dues o tres setmanes. Cal esbravar la seva resistència. La majoria són anarquistes, nacionalistes catalanes i sobretot comunistes, tot i que també hi ha preses comunes. A causa de l'amuntegament, a l'hora de dormir algunes ho han de fer per on poden: per les escales, pels patis, pels lavabos..., ja que les grans naus del convent estan a vessar. Cada presa en prou feines té mig metre d'espai per estirar-se i si es vol girar per canviar de posició ha d'avisar tota la fila per fer-ho totes alhora, si no, és impossible. Les màrfegues o matalassos se'ls ha de procurar cadascuna a través de la família o gent de fora. La que no té ningú ha de dormir directament a terra, damunt les rajoles. De fet, n'hi ha moltes que no són de Catalunya. No tenen res ni a ningú. Per no tenir, no tenen ni tan sols cap militància política, ja que estan preses només per ser les dones de republicans fugitius o bé perquè algú les ha denunciat. Les que tenen fills els tenen amb elles a la presó. Les xinxes, les puces i tota mena de paràsits les acompanyen com amics insepa-rables. De sabó no els en donen quasi mai, i només les deixen dutxar cada deu o quinze dies. Quan ho fan, si no s'afanyen es queden sense aigua a mig ensabonar-se.

Les vigilen les monges de les Filles de la Caritat de Sant Vicenç de Paül. El ranxo és infecte. Verdures mal bullides —talls de nap, col, peles de fava— dia sí, dia també. Moltes estan patint desnutrició, malalties..., però miren d'aguantar sense anar a la infermeria, perquè allà encara és pitjor. La mala alimentació els deixa senyals en forma de tota mena d'erupcions cutànies, esblanqueïment i primor extrema. Fins i tot al-gunes, desesperades, s'acosten al pilot de deixalles que hi ha en un racó del pati de la presó per agafar peles de plàtan, de poma o qualsevol altra cosa per apaivagar la gana.

La única distracció que tenen és fer ganxet, tapets de punt de mitja i tota mena de labors. Això també els serveix per poder fer algun diner, ja que a través de les visites els poden vendre a fora. Tot això ho fan al pati, que és on es passen tot el dia. Les del PSUC a vegades aprofiten que fan veure que treballen per reunir-se i parlar de les novetats que reben de l'exterior. A moltes els arriben a través de cartes que algú entra de forma clandestina, tot aprofitant les visites. Entre militants de diferents partits o sindicalistes sovint es barallen i s'insulten amb retrets sobre el seu comportament durant la contesa militar.

En aquell moment va arribar en Met i em va enxampar al menjador amb els meus pensaments.

—La veritat ens farà lliures. Ha, ha! —va dir com a salutació bíblica.

—A vegades m'estimaria més no saber-la, la veritat. L'article de la presó de dones m'ha deixat tocat.

—La fortalesa de la dona és proverbial, amic meu. Estan dotades d'un instint de supervivència magnífic. Aguanten nou mesos algú a dintre sense queixa, l'escupen amb molt sofriment, i la majoria repeteixen..., què et sembla?

—Que segurament no els queda cap més remei, pobres —vaig dir.

—Ja que parlem de dones, digue'm el que m'has de dir sobre la Margarida.

Un cop més aquell home era el dimoni i la meva ingenuïtat havia estat fora mida. Pensar que podia deixar de parlar-li de la situació d'en Moisès era com pensar que de cop i volta en Franco es convertiria al comunisme!

—Bé, que té por que li matin l'home, a veure si tu hi pots fer alguna cosa.

—Faré el que tu em diguis. Ara bé, tot i que el nostre contracte encara està vigent, vull que sàpigues que una cosa és el cos, i l'altra, l'ànima —va riure de forma sarcàstica—, i que l'amor sojorna indefugiblement en els dominis de l'ànimaaaaaa...

La a final va ressonar per tota la casa.

—Fica't les ànimes on et càpiguen, collons! —vaig dir aïradament—. A mi només m'interessa la matèria, és a dir, els cossos, que pensen, parlen i fan l'amor... Les ànimes no fan res de tot això, que jo sàpiga. Vull que alliberis en Moisès, però que la Margarida sigui meva per sempre més.

—*Per saecula saeculorum,* amen! Ha, ha!

—Si mai ho haguessis estat, d'enamorat, no te'n fotries així.

—Bé, alliberarem el pobre desgraciat amb un pla diabòlic, natural-ment, però abans hauràs d'escriure un article. Explicaràs els horrors del camp de concentració d'Horta, i el protagonista principal del reportatge serà en Moisès.

—Però, per què en Moisès, precisament? —vaig dir estranyat.

—Molt senzill, perquè és dels pocs creients que hi ha al camp. Potser quan hagi passat tot deixarà de ser-ho.

Em seguia desconcertant la naturalesa del seu joc. Es cuidava només que escrigués les atrocitats comeses pels cristians o també les provocava perquè les pogués escriure? És sempre en els llocs on hi ha crueltat, o encomana la crueltat per tot arreu on va? El dubte em va assaltar de mala manera.

La Sephiroth acabava d'arribar i es va posar a menjar i beure al seu racó del menjador. En acabat va preguntar: «Avui no treballem?». En Met m'ho va traduir i li vaig respondre que no, que la Margarida estava enfeinada en una altra cosa i que ja continuaríem l'endemà.

14 DE FEBRER
El desè cercle

QUAN LA MARGARIDA va començar a llegir-se l'article de la presó de les Corts, com feia sempre amb tots, li van començar a saltar les llàgrimes. Jo ja havia notat alguna cosa quan me l'anava traduint, però es devia haver aguantat per fer bé la seva feina. Llavors era diferent. Em va demanar per endur-se'l a l'habitació, que ja me'l tornaria. Però quan ho va fer, el final estava ratllat de manera que no es podia llegir res.

—Què coi has fet?

Va trigar a respondre, per la qual cosa vaig deduir que no era cap oblit:

—Em sap greu, però hi ha una cosa que és millor que no hi surti, i fins i tot t'agrairia que tu també ho traguessis en la versió anglesa —va mirar cap a terra com avergonyida—, vaig estar a punt d'amagar-t'ho quan et feia la traducció d'allò que deia la Sephiroth, però ara quan ho he vist escrit m'ha semblat, si més no, que no calia que hi sortís.

Es referia a un diàleg que mantenen dues recluses en el qual una d'elles explica a l'altra com una suposada direcció clandestina del PSUC li havia dit a ella, condemnada a mort per haver participat en la reconstrucció del partit, que s'havia d'espavilar per escapar-se, ja que els dos que havien caigut de la seva cèl·lula ja els havien afusellat. Ella es queixava que no tenia ningú a fora que l'ajudés a fer-ho, i que per tant el que no podia fer era saltar la tàpia com si res. Havia fet arribar a la suposada direcció que si volien que s'escapés que vinguessin a veure-la, i que li donessin instruccions de com fer-ho. Li van respondre que no podien, perquè estaven treballant en la clandestinitat i que era un perill. La dona es queixava que a una persona que té pena de mort no se la pot tractar d'aquella manera, i explicava que feia poc que s'havien escapat dues militants disfressades de prostitutes, perquè algú les esperava a fora. Es queixava, doncs, de les diferències.

—Mira, Guideta, no puc fer-ho, aniria contra la meva ètica professional. I a més, què caram, aquests del PSUC s'ho mereixen, per culpa seva...

Acabava de ficar-me de peus a la galleda. Ella em va mirar sorpresa.

—Què dius que què?

Ja no hi havia marxa enrere. Tard o d'hora havia d'arribar aquell moment.

—Doncs dic, i ja sé que tu ho ets, que el PSUC ha fet molt mal a la revolució social que s'havia endegat aviat farà tres anys. Per culpa del seu fanatisme estalinista se n'ha anat tot en orris. Que no ho veus! Obre els ulls!

—Els tinc ben oberts, tant que fins i tot a les nits em costa tancar-los pensant què se'n farà de mi, del meu home, de la meva família, del meu país... Mentre tu t'entornaràs amb els teus i santes pasqües! —va mig aclucar els ulls i va continuar—. Per què redimonis aquell coi d'anarquistes i d'altres no es van centrar en la guerra i es deixaven de punyetes revolucionàries? L'únic que feien era posar pals a les rodes, quan el que calia era unir esforços contra l'enemic feixista.

—Per convertir Espanya en un país esclau de Stalin! —vaig dir exaltat—. Millor la derrota. Ja veuràs com aquest criminal d'en Franco no aguantarà ni quatre dies. Entre tots el farem fora aviat.

—I què més! Ja hem vist com el *teu* govern i el francès s'han afanyat a reconèixer-lo, just després de l'entrada dels rebels a Barcelona. O no ho sabies? Tu ets un home ben informat, no?

—Són governs conservadors que tenen por per una banda del comunisme i per l'altra de Hitler. Però, per què et penses que vull publicar el llibre? Per fer-los veure l'error de reconèixer una dictadura sanguinària com aquesta.

De totes maneres, li vaig dir que d'acord, que tampoc sortiria en la versió anglesa.

Evidentment l'hi vaig posar.

Amb tot, la topada havia estat més suau del que m'hauria pogut imaginar. Ella se'n va tornar cap a l'habitació i jo vaig desar els articles. Com que no tenia feina fins que no arribés l'ocell cap al tard, vaig decidir a anar fer un tomb. Vaig sortir al carrer i feia bastant bo. Vaig atansar-me al primer quiosc de premsa que vaig trobar. La meva sorpresa va ser veure que hi havia dos diaris nous *El Correo Catalán* i *Solidaridad Nacional*. Els vaig comprar tots dos i vaig agafar un tramvia cap al moll, tenia ganes de tornar a veure el mar. Durant el trajecte va succeir un fet força desagradable. Un home de mitjana edat es va dirigir en català al cobrador. Aquest li va dir de mala manera que parlés en cristià, i l'home s'hi va negar. El cobrador va sortir del seu lloc i va començar a amenaçar-lo a crits. De seguida s'hi van afegir alguns passatgers, tots contra l'home sol. La resta que omplia el tramvia feia veure que allò no anava amb ells. Vaig posar-me al mig per defensar-lo i vam acabar tots dos de cul a l'asfalt, mentre els malparits ens insultaven des de la plataforma del darrere. Sort que va ser en un revolt i el vehicle no corria gaire, tot i així l'os de la cua em va fer mal durant una bona estona. L'home em va donar les gràcies i va marxar renegant carrer avall.

Vaig arribar al port, que continuava oferint un aspecte lamentable, i em vaig asseure en una terrassa del passeig de Colom a prendre el sol i una cervesa. El mar estava calmat i vaig desitjar que després de l'enrabiada se m'encomanés una mica de serenitat. Feia sol i bufava una lleugera brisa marina. Vaig fullejar els dos nous rotatius per sobre i em vaig adonar que a partir d'aleshores a la Barcelona franquista hi hauria pluralitat informativa. Si fins ara *La Vanguardia* titllava els rojos de criminals, ara els altres dos ho feien d'assassins i de facinerosos, respectivament. Vaig veure com passaven uns camions militars que semblava que portaven gent darrere la caixa, que estava coberta per una lona. Anaven en direcció nord, és a dir, cap al Camp de la Bota. Entre les escletxes de la lona sortien unes mans que deien adéu i unes veus ofegades pels crits dels soldats que les feien callar. No hi havia dubte del seu destí macabre. La gent que passava pel carrer, temorosa de les represàlies, no gosava fer cap demostració de pena o ràbia, ni de comiat envers els qui podrien ser els seus parents, amics o veïns —a l'article que havia escrit sobre els assassinats al maleït camp explicava com un parell de cops per setmana els condemnats eren transportats cap el tràgic destí que els esperava—. Tot d'una, vaig veure com un pres aconseguia treure mig cos a fora i feia una salutació amb el puny enlaire tot cridant un «Visca la República!». Va ser molt breu, ja que de seguida un soldat li va donar un cop de culata al cap i va desaparèixer cap a dintre de la caixa. El meu instint va poder més que el meu seny. La calma tot just aconseguida va donar pas a la ira. Em vaig aixecar i vaig tornar la salutació tot mirant com el vehicle s'allunyava. No havia ni tingut temps de tornar-me a asseure quan vaig veure dos guàrdies civils que corrien directes cap a mi. Em vaig alçar de pressa, però ja era massa tard. Un d'ells em va etzibar un fort cop de puny a l'estómac que em va deixar sense aire, mentre l'altre treia les manilles i me les posava. Em vaig veure perdut.

Paradoxes de la vida, potser l'individu en qüestió era un estalinista de la pitjor espècie, i per culpa seva podia tenir problemes seriosos. Però em costa acceptar que la salutació revolucionària marxista sigui exclusiva dels comunistes estalinistes.

Els dos uniformats em van fer caminar Via Laietana amunt entre insults i batzegades. Quedava clar que em portaven a la Prefectura Superior de Policia. Quan érem a mig camí, de cop i volta vam veure baixar un ciclista a tota pastilla que en arribar al nostre costat va frenar amb una derrapada espectacular. El seu ocupant va llançar la màquina lluny i es va plantar amb un salt davant del grup. Era un emmascarat amb una capa roig sang lligada al coll. Duia el tors, ben musculat, nu; uns culots blancs molt ajustats; i unes mitges també blanques i brillants que es ficaven dintre d'unes botes negres cordades amb tires de cuir, a més d'un cinturó daurat amb una sivella enorme: era El Santo, l'emmascarat de plata. El Santo és un tot un personatge a Mèxic. És molt famós per ser un dels millors lluitadors de lluita lliure del país, i la seva enorme popularitat també ve del fet que ningú no li ha vist mai la cara, ja que es cobreix tot el cap amb una màscara platejada i brillant, amb quatre forats per als ulls, el nas i la boca. Hi ha moltes llegendes al voltant de la seva identitat real: un aristòcrata que ha anat a menys; un indígena de Oaxaca; un frare que va abandonar els hàbits, etc.

Tots tres ens vam quedar garratibats. Passat el primer moment de desconcert, els guàrdies van posar la mà a la pistola però no van ser prou ràpids. El Santo els va etzibar un parell de coces a cadascun amb la velocitat d'un llamp i les armes van caure a terra. Em va estirar cap a ell, però un del guàrdies se li va abraonar per darrere, mentre l'altre mirava que jo no m'escapés. El nouvingut va començar a donar voltes com una baldufa amb el dropo a collibè a una velocitat de vertigen. El tricorni —un ridícul casc de xarol que porten els guàrdies civils— va sortir volant com un bumerang, i al cap de poc va ser l'infeliç qui va sortir disparat com una bala, i va anar a caure com un fardell damunt l'asfalt un bon grapat de metres més enllà. Ja no es va aixecar. L'altre, veient-les venir, va optar per una retirada digna a cuita corrents, no sense abans haver lliurat la clau de les manilles, a requeriment del meu salvador.

L'emmascarat em va agafar pel braç, em va treure els ferros i em va fer que el seguís per carrerons estrets fins que vam arribar a un portal força gran. Va entrar a dins i en uns segons es va desfer d'indumentària i musculatura, i va aparèixer en Januskoff tan prim com sempre, amb la «doble» cara que el caracteritzava i amb el seu vestit de quadres. Em va mirar i em va dir: «Sóc el seu Santo de la guarda, ha, ha».

Vam tornar tots dos caminant cap a la pensió. Mai m'hauria imaginat que arribaria a tenir tan a prop tot un ídol del poble mexicà.

De seguida va arribar l'hora de dinar. Vaig fer-ho acompanyat de la Margarida. Vaig aconseguir fer-la riure amb la història d'El Santo. Tot seguit em va demanar si ja havia parlat amb en Met sobre el seu marit.

Li vaig explicar la nostra conversa amb una petita omissió: no li vaig dir qui seria el protagonista del proper reportatge. Quan la Sephiroth va arribar, ens vam posar a la feina. El que explicava l'ocell del camp d'Horta eren esfereïdor. Més d'un cop i més de dos vaig veure, aquesta vegada sí, com a la Margarida li queien les llàgrimes. De fet, es d'admirar com va ser capaç d'aguantar aquell reportatge que la tocava de ple sense defallir, ja que molt al principi ja s'hi esmentava el seu home. I no només això, si no que també em va ajudar a ficar-me encara més en la pell d'en Moisès. Li vaig assegurar que en Met l'alliberaria aviat.

No és la meva intenció, amable lector, fer-li llegir els articles que componen el llibre, ja que, si així ho vol, pot fer-ho directament del llibre mateix, però faré una excepció en aquest cas, ja que segurament la seva lectura ajudarà a entendre millor el final de la història que estic explicant. El reportatge porta per títol *El desè cercle*:

«Quan Dante a la seva *Divina Comèdia* es va imaginar l'infern, us puc assegurar sense por d'equivocar-me que va fer curt. Als nou cercles cal afegir-n'hi un altre, en el qual no hi ha rufians, lladres, assassins, pederastes, parricides, traïdors, dones adúlteres, dèspotes, sodomites... que purguen les seves penes. En aquest desè cercle hi ha simplement persones que van combatre el feixisme, persones que van lluitar per la llibertat, persones que, tot i la derrota, no volen doblegar-se a la voluntat dels guanyadors. Ho paguen amb un preu alt, molt alt. Tant que molts deixen de ser éssers humans per convertir-se en autèntiques desferres marcades per sempre més per aquest cercle tenebrós, que mai ningú hauria d'haver trepitjat mai.

»En diuen camps de concentració. Sí, CON-CEN-TRA-CIÓ. Una expressió a la mida del que era allò. Al camp de concentració d'Horta s'hi concentraven, apilaven, entaforaven milers d'homes en un espai que no era de goma, però que els membres del Cuerpo de Ejército de Navarra —que depenien del Servicio de Ocupación de Barcelona» i que eren els encarregats de la custodia dels presoners—, segur que s'ho pensaven. Cada dia arribaven camions carregats amb nous infeliços: eren A (afecció dubtosa), B (desafectes) o bé pendents de classificació. La majoria eren soldats capturats per l'exèrcit guanyador, tot i que també n'hi havia que s'havien lliurat de forma voluntària procedents de la presó Model i d'altres que havien tornat de França, a més dels refugiats d'altres indrets d'Espanya que no havien tornat als seus llocs d'origen. Finalment, hi havia un altre grup de detinguts per comportament incorrecte, com era anar indocumentat o no saludar al pas de la bandera. Total: quatre mil, o fins i tot cinc mil, per a un espai pensat per a no més de 750 persones. CON-CEN-TRA-CIÓ!

»El pavelló estava compost de soterrani, semisoterrani i quatre pisos (l'edifici n'havia de tenir sis, però estava a mig construir). Estava situat en un turó amb la serra de Collserola —la serralada que encaixona la ciutat per ponent— al darrere, des del qual es veia el mar. L'espai estava obert als quatre vents i la gent passava molt fred. S'hi va instal·lar un reixat que envoltava el complex i s'hi van construir garites de vigilància, es van habilitar els soterranis per fer els interrogatoris més violents i per posar-hi les oficines del comandament del camp. De latrines no n'hi havia, i se les havien de fer els mateixos presoners cavant una rasa a l'exterior de l'edifici. L'alimentació consistia en un bocí de pa i una petita llauna de peix diària que a vegades s'havia de compartir amb altres.

»La màxima aspiració dels tancats allà —deixant a part la lògica d'escapar-se— era que fossin enviats a un batalló de treballadors, mentre s'aclaria quin era el seu grau de culpabilitat. Per aclarir això, els mètodes eren molt variats (recopilació de denúncies, testimonis, etc.), i a vegades l'aclariment es produïa in situ i en carn pròpia.

»Feia poc que se n'havien anat a dormir quan un parell de soldats van atansar-se al grup de detinguts de la 23 Brigada, 16 Batalló i XII Cos d'Exèrcit, que jeien estirats sobre màrfegues de 60 centímetres, amuntegats els uns sobre els altres. En sentir les passes, tothom s'aguantava la respiració, ningú no volia ser l'escollit. Van cridar amb insolència el número 3003. En Moisès Borràs es va alçar i els dos esbirros el van agafar pels braços per endur-se'l fora de la nau del primer pis. La resta deixava anar l'aire pensant que aquella nit havien tingut sort, mentre compadien en secret l'escollit.

»Van baixar per les escales a mig construir, sense baranes ni formigó, només totxo i prou. Van passar de llarg de la planta baixa i del semisoterrani per anar a parar directament al soterrani. Van travessar entremig de les taules de despatx ara òrfenes d'ocupants fins a arribar al fons de la sala. Van obrir una porta, el van fer entrar a cops i empentes i la van tornar a tancar. L'habitacle on l'havien entaforat era molt petit i estava en la foscor més absoluta. A l'entrada, a mà esquerrà, hi havia un forat a terra que servia de latrina. En un racó hi havia un matalàs brut, mig podrit, i una manta on es passejaven polls, xinxes i de tot. Res més. S'hi va estirar, es va tapar, va fer el senyal de la creu i va dir: "Fins demà, si Déu vol".

»De bon matí el va despertar una tènue llum que es filtrava per dessota la porta. De seguida van sentir com la clau girava i el forrellat és movia.

La cara blanquinosa d'un alferes se li va aparèixer. Blanquinosa? Massa suau! Era directament lletosa, com si tots els porus de la pell els tingués plens de llet de pot. Anava acompanyat de dos soldats. Bramant com un os malferit, l'oficial li va ordenar que es despullés. Ho va fer lentament, semblava que volgués demostrar sang freda. Un cop despullat la seva primor es va accentuar encara més, se li marcaven totes les costelles, una per una, com un rosari. Era força alt i espigat. Els cabells castanys i els ulls clars li donaven un aire molt poc espanyol, ni tan sols mediterrani. Tot i tenir les galtes xuclades i fer ulleres, tenia una fesomia agradable que transmetia bonhomia.

»El van apallissar de valent: li pegaven al fetge, a l'estómac, al cap, als testicles..., fins que quedava inconscient. Després el reanimaven amb aigua freda i torna a començar.

»Quan en van tenir prou, l'alferes va dir: «Bé noi, això només és el començament; tornarem, i cada dia que passi serà pitjor».

»"Tornarem, tornarem...", anava repetint l'alferes Casado. Casado era un home d'uns trenta anys, d'estatura mitjana, tirant a gros, ferreny, amb pocs cabells i amb un tic a l'ull dret que feia que el tanqués i l'obrís constantment. Això, juntament amb uns moviments de cap laterals, intermitents i convulsos, li donava una aire malèfic important. S'havia allistat voluntari amb els revoltats els primers dies de la guerra, ja que, a Navarra, l'èxit dels facciosos va ser total i fulminant. Provenia d'una família d'un profund catolicisme integrista. Com que tenia estudis de seguida el van nomenar alferes provisional. No havia ascendit a tinent perquè no se li coneixia cap acte heroic, més aviat al contrari, quan anaven mal dades tenia una especial virtut bona per a la seva vida, però molt mal vista per l'exèrcit: se sabia *protegir* millor que ningú. O almenys aquesta era la brama que corria entre els soldats a les seves ordres, que d'amagatotis li deien l'alferes *cagado*. Però tot el que tenia de poruc en combat o tenia de *valent* amb els presoners. Per això era tan valorat allà dintre, al desè cercle. Era l'ariet de cap de moltó que colpejava amb força inusitada.

»—A aquest cabronàs l'arreglaré ben arreglat —va dir l'Ariet al seu assistent, que va assentir amb el cap—, és dels pitjors. No només és roig, si no que a més a més es separatista. Separatista! La mare que el va arribar a parir! Tu creus que algú ben nascut pot voler mai separar-se d'Espanya, de la pàtria que ens ho ha donat tot?

»—Però de separatistes n'hi ha més —va intercedir un capità que estava escoltant la conversa—, què se suposa que sap, aquest?

»—Hem rebut un telegrama de Burgos. És diu Moisès Borràs i saben que va ser un dels fundadors del Partit Català Proletari. Volen saber si queden membres amagats de l'antiga direcció en territori nacional. Ell n'ha d'estar al corrent.

»—Bé, d'acord —va dir el capità—, però no t'oblidis que, malgrat tot, és capità. Del bàndol equivocat, però oficial.

»Sí, sí, oficial, devia pensar l'Ariet. L'odi que professava als *rojos-separatistas* només era comparable al que podia sentir un nazi cap a un jueu. Ni que hagués estat mariscal de camp li hauria estalviat ni un sol minut de tortura. De moment el deixaria estar durant un parell de dies allà dintre. La foscor, l'aïllament, la gana i la pallissa l'estovarien.

»Havia perdut la noció del temps i gairebé de l'espai, però no estava espantat. Pensava en els seus, en la seva dona, el pare, la germana, en Quim i en Déu… No volia deixar-se endur per una desesperació que al cap i la fi tampoc no el duria enlloc. Va sentir passes i veus i va entendre que la promesa de tornar que li havien fet estava a punt de complir-se. L'Ariet va entrar bruscament i el cop de llum que venia de fora el va enlluernar. De forma instintiva és va tapar els ulls amb l'avantbraç. Però els cops que ja s'esperava no van arribar. El van agafar entre dos soldats i el van treure fora del cau. Li costava caminar, així que gairebé l'arrossegaven. El van portar a una habitació contigua força més gran. Al bell mig hi havia com una llitera de fusta amb corretges als laterals. Al costat hi havia dues cadires. El van fer seure en una i l'Ariet es va asseure a l'altra. Va començar l'interrogatori:

»—Bé, cabró de merda, què et sembla si ens dius tot el que saps?

»—El que sé de què?

»—Doncs de l'escòria dels teus companys de partit…, qui són, on s'amaguen. Molt valents ells, però al front pocs n'hi van anar. Tu vas ser dels únics. Una colla de malparits covards, això és el que són.

»—Des que em vaig allistar que no en vaig saber res més. Volia oblidar-me de la política.

»—No t'ho tornaré a repetir dos cops. Col·labora o te'n penediràs sempre més.

»—No puc dir el que no sé.

»—Mira, fill de la gran puta, no em toquis els collons que no estic per perdre el temps. Des de Burgos em diuen que tu has de saber qui queda i on s'amaguen. I si ho diuen a Burgos, va a missa. Saps què és una missa? Heretge de merda, què has de saber, desgraciat —El tic a l'ull se li accelerava per moments.

»—Potser ho sé més que tu.

»L'Ariet li va clavar una bufetada que li va girar la cara.

»—A mi tracta'm de vostè, m'entens? —va bramar.

»—Si algú hauria de tractar de vostè a algú altre, seria tu a mi, alferes. Sóc comandant de l'exèrcit.

»—Com que comandant? Tu *eres* capità, i gràcies —va arrossegar l'*eres* tant com va poder.

»—Doncs resulta que dies abans que m'agaféssiu em van ascendir, ves per on. I encara ho sóc, perquè qui em va donar els galons encara no me'ls ha tret.

»Això darrer va fer que a l'energumen se li acabés la paciència. De fet, era el que segurament volia. Algú que li excités la seva rancúnia, igual com a Mèxic excitaven els galls abans de la baralla.

»L'Ariet va fer un gest i els dos soldats van sortir per tornar al cap de poc amb un gibrell ple d'aigua bruta per on suraven excrements humans i una bossa de plàstic. "Ara provaràs la banyera, a veure si se't comença a despertar la memòria", va dir l'Ariet amb arrogància extrema.

»Els esbirros van introduir el cap de l'infeliç dintre el gibrell d'aigua pudenta, diverses vegades. Alguns cops semblava que s'havia ofegat, ja que no és movia gens. Llavors l'enretiraven de cop i el començaven a bufetejar perquè reaccionés. El primer que feia en tornar en si, era que no amb el cap. Després de l'últim intent, la cara lletosa de l'oficial, havia deixat de ser-ho per uns moments. La ira l'hi havia encès com una bombeta i l'ull se li obria i tancava a una velocitat increïble. Ell mateix va agafar la bossa de plàstic i d'una revolada, l'hi va posar al cap i va estrènyer amb força durant uns segons, que devien ser hores per en Moisès. En treure-l'hi, semblava que la cara se li anés a rebentar, els ulls fora d'òrbites i no parava d'esbufegar i de moure el cap de forma compulsiva. Al cap de uns minuts es va calmar. Va mirar fixament el seu torturador i va dir-li amb veu pausada que no sabia res. Res de res.

»Seguint les ordres de l'Ariet, els soldats el van lligar a la llitera. Després van sortir tots tres. Havien transcorregut uns minuts quan van tornar a aparèixer amb una màquina de la qual penjaven dos cables acabats amb pinces. Li van posar els dos elèctrodes als testicles i van prémer un interruptor. Un cop darrere l'altre. Xaas…, xaas…, xaas…, se sentia espetegar la màquina, que trontollava tota. Les descàrregues cada cop duraven més. El noi serrava les dents amb força i ràbia, i de tant en tant cridava que no sabia res. Res de res. Tot d'una va saltar una espurna enorme de l'aparell i va deixar de funcionar.

»El "merda!", que va deixar anar l'oficial va retrunyir amb força, i es va passar una estona renegant i maleint la mala qualitat dels aparells amb què havia de *treballar*.

»Però no es donava per vençut. Cap presoner se li resistia, i aquell no seria cap excepció. La seva reputació estava en joc. Si no havia arribat a tinent per mèrits de guerra, hi arribaria per mèrits de *pau*.

»Van deslligar-lo i li va ordenar que es despullés. Va trigar moltíssim, ja que li costava molt fer moure les extremitats. Mentrestant, l'Ariet anava donant voltes per l'habitació, en cercles, amb les mans al darrere i mirant a terra, com si anés pensant la propera tortura.

»Quan en Moisès va estar despullat del tot, la bombeta de l'Ariet es va tornar a encendre, encara més fort que abans. La vista se li va clavar primer en la bandera catalana que duia tatuada a la part superior del braç dret, i després en el crucifix negre que li penjava d'una cadeneta del coll. Seguramente la foscor del forat on l'havien tingut no li havia deixat veure cap de les dues coses, el primer dia que li va manar despullar-se. Va agafar el Sant Crist i li va arrancar d'una estrebada. Després va fer que un dels soldats sortís amb ell a fora de la cambra de tortura. Li va donar una ordre i va tornar a entrar. Va passar mitja hora llarga abans que no tornés. Durant aquell temps l'alferes no va apartar ni un sol cop la mirada de la bandera, sense dir res. Les quatre barres vermelles sobre fons groc semblaven tenir-lo hipnotitzat. "Separatista, com es pot ser separatista!". El presoner tremolava com una fulla. Per fi va arribar el soldat. A la mà hi duia una barra de ferro roent que agafava mitjançat un drap per no cremar-se, i la va passar a l'oficial. De seguida els dos soldats van agafar en Moisès i li van lligar un mocador a la boca perquè no pogués cridar, després el van fer tombar lateralment sobre la llitera. Un es va asseure sobre seu i l'altre li immobilitzava el braç, que quedava ben a la vista. L'alferes va començar a cremar la bandera, barra a barra, amb els ulls injectats de sang. El fum que sortia de la pell cremada era dens, espès. Quan estava a punt de cremar la darrera barra, en Moisès es va desmaiar. Ho van deixar estar.

»En Moisès va retornar al cap d'una estona. El soldat que el vigilava va anar a buscar l'Ariet. Mentre no tornaven va pensar que havia guanyat, que atès la gran quantitat de gent que tenien per interrogar no perdrien més el temps amb ell. Al cap i la fi, odiaven els nacionalistes tant o més que els comunistes, però els preocupaven molt més aquests darrers. Les cremades li provocaven un dolor intens, però sabia que el dolor físic sempre acaba passant. De lluny se sentien crits esgarrifosos d'altres torturats, desitjava que tinguessin la mateixa fe en Déu que ell. Què havia fet que aguantés sense dir res? Què, si no? Per això donava gràcies al creador. Es va incorporar i es va posar a resar: "Parenostre que esteu en el cel, sigui santificat el vostre nom, vingui a nosaltres el vostre regne. Faci's la vostra voluntat, aquí a la terra com es fa en el cel...". En aquell precís instant va entrar l'Ariet. La primera reacció va ser d'etzibar-li un cop de puny, però alguna cosa el va deturar: la veu càlida i piadosa d'en Moisès resant en català; la seva cara de pau interior, o vés a saber què, va fer que la ira se li esquerdés. Va deixar que acabés l'oració i va ordenar als esbirros que se l'enduguessin al pati. Quan ja sortia li va agafar la mà i li va tornar el crucifix, sense gosar de mirar-lo a la cara.

»A dalt va retrobar-se amb els seus companys. Tots el van rebre amb mostres d'alegria. Aquell clar dia d'hivern el sol havia sortit menys espantat del que era habitual per a l'època, potser també li volia donar la benvinguda amb força.

»Al camp la vida continuava igual de monòtona, igual de dura, però la presència recuperada d'en Moisès era com la premonició que passarien els dies, els mesos, però tard o d'hora tothom en sortiria, ja fos per anar a una batalló de treballs forçats, per anar a la presó, per passar consell de guerra o fins i tot per sortir-ne en llibertat. Amb tot, els detinguts de la 23 Brigada, 16 Batalló i XII Cos d'Exèrcit tenien tots els números per acabar malament. La majoria eren voluntaris compromesos fins al moll de l'os amb la República, antifeixistes convençuts, i això tenia un preu. En Moisès havia superat una prova difícil, però sabia que tard o d'hora s'hauria d'enfrontar amb el seu destí de perdedor d'una guerra que mai no hauria hagut de tenir lloc».

A en Met no li va fer gens de gràcia la part final. Jo estava més preocupat pel principi, quan parlo de l'infern, però va dir-me que no li importava gens que se'n parlés, perquè quan desaparegués el cel de l'imaginari col·lectiu, també ho faria l'infern. Era molt conscient que amb el final de Déu, també s'esdevindria el seu, de final. Però el que no podia acceptar era que algú que ha patit una guerra injusta, cruel, i a més és torturat sense pietat, encara confiï en el Senyor. Era del tot inadmissible per al pensament racional que se li suposava a en Moisès. M'ho va fer canviar per la seva renuncia a la fe, fent que llencés el crucifix a la latrina del pati.

El lector a hores d'ara ja sap que, malgrat el que n'opini en Met, la meva preocupació és escriure sempre la veritat, així que l'endemà vaig tornar a posar-hi el meu final.

15 DE FEBRER
Un viatge accidentat

DESPRÉS D'ESMORZAR, EM disposava a repassar l'article un altre cop quan la Margarida va entrar a l'habitació per demanar-me un favor: volia que l'acompanyés en un viatge que havia de fer en tren a un poble de l'interior. Es tractava de Torelló, situat a uns vuitanta kilòmetres. En Moisès hi tenia uns parents que li guardaven documentació del partit. L'hi havia deixat expressament abans de marxar cap al front. No se'n refiava gens que una República cada cop més afeblida pogués derrotar un feixisme puixant. Si s'hagués quedat guardada a casa «a hores d'ara ja hi hauria uns quants afusellats més», va dir-me. Tots els noms que no va voler revelar durant la tortura estaven en aquells papers que s'havien de recuperar abans no caiguessin en mans dels franquistes. La persona que els guardava era d'esquerres, i en qualsevol moment podien registra-li la casa. Tal dit, tal fet. Vaig posar-me l'abric i la gorra i sense pensar-m'ho la vaig seguir cap a la porta. Aquell dimecres em brindava, de forma inesperada, una oportunitat d'apropar-me més al seu cor.

Vam enfilar en direcció mar, per anar fins l'antiga Gran Via, que a hores d'ara 'havien rebatejat com a Avenida de José Antonio, a buscar un tramvia que ens havia de dur l'estació del Nord, a tocar de l'Arc de Triomf. L'ambient pels voltants del monument era força animat, tot i que la gent anava arronsada a causa del fred. A l'entrada de les escales que menaven a les andanes hi havia una mena de caseta de fusta on es venien xurros calents, que servien si més no per refer-se una mica de les baixes temperatures. En vaig comprar un cucurutxo i vaig convidar la Margarida, que en veure la cara que feia em va dir: «Per fred, el que farà a Torelló. És a la plana de Vic, també coneguda com el país de la boira». Vam comprar dos bitllets d'anada i tornada i ens vam asseure en un banc a esperar la sortida del tren. No semblava que hi hagués gaire gent disposada a agafar el mateix comboi; potser el fred que segons diu la Margarida fa per aquelles contrades és un element dissuasori, però molt em temia que hi havia motius més greus i seriosos. Després d'una guerra com aquesta, en què més que vencedors i vençuts hi ha ocupants i represaliats, tornar a engegar l'economia, el comerç, la indústria serà una feina que pot durar dècades. Pel que intueixo, Catalunya no només ha perdut una guerra, sinó que ha caigut en un pou fosc i profund, del qual li costarà molt sortir.

Al cap d'una estona ens van dir que ja podíem pujat dalt del tren. Vam fer-ho al vagó de cua, ja que al costat de la màquina hi havia un parella de guàrdies civils drets, que segurament també acabarien pujant-hi. La línia que passa per Torelló arriba fins a Puigcerdà —a la frontera amb França— i cal vigilar-la. El factor de circulació de l'estació va fer sonar el xiulet de sortida i el tren es va posar lentament en marxa.

Al vagó només érem nosaltres dos i una dona gran carregada amb un mocador de farcell i que es va asseure a l'altra punta. Vam estar una estoneta en silenci, mentre encara passàvem pels barris perifèrics de la ciutat, però un cop el paisatge es va aclarir a la Margarida li van agafar ganes de xerrar: «Saps de veritat per què ha estat aquesta guerra? Doncs per esclafar Catalunya. Ja ho va dir en Calvo Sotelo: *Antes roja que rota*. Els comunistes, els anarquistes, els trotskistes i tota la pesca. Una gran excusa amic meu! Una gran i fastigosa excusa! Les ideologies van i vénen com un pèndol, però les nacions, ai las! Si es maten ja no ressusciten mai més. Casos passats i casos més recents ens en parlen. On són ara el gals, els ibers, els romans... De les nacions antigues ja només queda la jueva, i que vagin en compte perquè no tenen cap Estat protector i els vents de la història en aquest moment no els van precisament a favor, que diguem. I de les modernes fa llàstima veure com boquegen els bretons, els gal·lesos, els occitans... i moltes més que ni coneixem».

Es va quedar uns instants sense dir res, mirant per la finestra, com si volgués agafar forces per continuar. «Catalunya, no sé si ho saps, però té més de mil anys d'història. Primer com a vassalla dels reis francs i després fent via ella sola durant uns quants segles. Per qüestions successòries llargues i complicades, vam acabar emmerdats amb Castella, que és el mateix que dir Espanya, i a partir d'aleshores la brega ha estat constant: revoltes, guerres, dictadures, estatuts, i ara l'estocada final. Sempre han volgut acabar amb nosaltres. Sempre han volgut que renunciem a la llengua, que reneguem dels nostres avantpassats, que ens rendim a les glòries de l'Espanya eterna. I ara ens tenen ben posat el peu al coll. Quan caigui definitivament el poc que queda de la República, que no pot trigar gaire, aquests malparits veuran el seu somni de la Espanya *una, grande y libre* més a prop que mai».

Anava a respondre-li que potser sí que tenia part de raó, però que la por que la República esdevingués un bastió marxista tutelat per Moscou havia espantat molt les classes benestants i l'Església, que havien esperonat els militars a rebel·lar-se, quan veig que s'acosta la parella de la Guàrdia Civil. Van demanant la documentació a tots els passatgers. En aquells moments no tenia gens clar que la història que vaig fer empassar al porter i als convidats del cònsol em servís. Però de sobte es va sentir un grinyol molt fort i el tren es va inclinar una mica cap a un costat. Gairebé a l'instant, el comboi va frenar en sec i tothom va sortir, poc o molt, disparat cap endavant. Jo vaig anar a parar damunt de la Margarida, que seia just al meu davant. Era evident que acabàvem de descarrilar. Per sort, només havien estat un parell de rodes del nostre vagó que havien sortit de les vies, i no semblava que ningú hagués pres mal. Nosaltres dos i la dona del farcell vam baixar del tren, així com molts altres passatgers de la resta de vagons. Els guàrdies civils miraven de posar ordre, però, com passa en aquests casos, de seguida es va formar un petit caos, amb gent que anava i venia, amb informacions contradictòries, fins que algú va dir que tornar el vagó a lloc podria trigar entre quatre i cinc hores, i que si algú tenia molta pressa podia mirar de baixar a la carretera i allà podríem aturar l'autobús de línia que fa el trajecte Granollers-Vic. No ens ho vam pensar dos cops, de pressa en teníem, sí, però de ganes de perdre de vista els tricornis, encara més.

El tren havia descarrilat just damunt d'un congost al fons del qual passava un rierol. Calia anar baixant a poc a poc, assegurant bé on es posaven el peus. Feia poc que havia plogut i el terra estava molt humit, segurament això havia estat la causa de l'esllavissament de terres que va provocar l'accident. Vam trigar almenys una hora llarga a arribar fins al llit del riu, que vam travessar com vam poder. Un cop a l'altra banda, ja va ser fàcil arribar a dalt la carretera. En total, devíem ser una quinzena de persones que ens hi vam atrevir, la majoria joves o de mitjana edat.

L'autobús que venia de Granollers, una ciutat propera, va trigar una mitja hora a fer acte de presència i la veritat és que semblava acabat de sortir d'una guerra, mai més ben dit, de tan atrotinat com estava. Vam fer-lo parar i tots vam poder seure, ja que anava mig buit. En arribar a Vic, vam preguntar per anar a Torelló, i ens van indicar on era la parada de cotxes de línia. Vam pujar al primer que va sortir. Em va fer gràcia que l'autobús portés el volant a la dreta, com a Anglaterra, i és que era de fabricació anglesa. Durant la poca estona que vam estar a la ciutat, em vaig adonar que l'advertiment de la Margarida no havia estat debades: era gairebé la una del migdia i feia un fred que pelava. Durant el trajecte, que va durar uns 20 minuts, vaig voler parlar-li dels meus sentiments, però no em va sortir, potser no era el moment. Vaig continuar la conversa on l'havíem deixat dalt del tren.

—Però Guideta, m'havies dit que precisament per la qüestió catalana us havíeu discutit amb en Moisès, no? Havia entès que tu no li donaves tanta importància i que donaves suport als marxistes.

—Sí i no. A veure, quan es tracta de guanyar o de perdre una guerra, cal unificar tots els esforços en la matcixa direcció. I si ha una avantguarda que estira el carro, no s'hi pot anar en contra. Primer guanyem la guerra, després ja ens barallarem per si Catalunya ha de ser o no independent. Per exercir les llibertats que li corresponen a una nació, no cal necessàriament la independència. Tot depèn de l'Estat en el qual estigui encabida..., però ara tot això ja no té sentit, almenys de moment.

Aquella conversa ja no donava més de si i vaig canviar de tema.

—Ja hi has estat altres vegades, a Torelló?

—Sí, algunes, sobretot pujàvem a començaments d'hivern per la matança del porc.

—La matança del porc? De què es tracta?

—Doncs se sacrifiquen els porcs engreixats durant l'any per poder tenir carn la resta de l'hivern, i també se'n fan embotis per a tota la temporada. L'oncle d'en Moisès, l'Esteve, és pagès. És molt bon home i simpatitzant del PSUC. Una vegada vam pujar a fer un míting del partit i ens va ajudar molt a preparar-ho tot. Vam omplir mig teatre Cirvianum, el teatre del poble. Espero que no li hagi passat res de dolent.

Vam baixar a la primera parada, just a l'entrada del poble. Tot caminant uns dos minuts per un carrer que feia baixada vam arribar davant la casa del parents. Jo em vaig sorprendre perquè, quan em va dir que era pagès, m'havia imaginat una casa als afores, rodejada de camps. La casa estava al bell mig del carrer i paret per paret amb altres edificis. La porta que donava al carrer era oberta, i només de passar el llindar vaig veure per on anaven els trets. A la planta baixa no hi havia vivenda. Hi havia un passadís en el qual a mà dreta es podia veure una cort amb un cavall a dins. Al fons es podia entreveure un gran pati per on corrien ànecs, gallines, pollets..., i també s'endevinava l'existència de porcs per l'olor i els grunyits. Decididament érem a pagès.

Vam pujar l'escala que donava a la porta de l'habitatge, tota plena de gats. Quan va sonar el primer cop de timbre, de forma automàtica vam sentir un gos que lladrava. «És la Kira», va dir la Margarida. Es va obrir la porta i va sortir la Pepita, la dona de l'Esteve. Les dues dones es van abraçar fort i quasi els van saltar els llàgrimes. El primer que vam saber va ser que el seu marit estava bé. Des que havien entrar els rebels al poble, el 4 de febrer, la Guàrdia Civil l'havia interrogat un parell de vegades, la segona vegada havien anat a registrar la casa de dalt a baix, amb cops de puny i amenaces incloses, però se'n va sortir. No els va dir res dels papers i no els van trobar. Per sort, ja tenia gairebé 60 anys, si no li hauria tocat anar a un camp de treballs forçats, com a mínim. Atesa l'hora que era, ell ja havia dinat i se n'havia entornat al tros. La Pepita ens va preparar dinar amb una esgarrapada, ja que només el va haver d'escalfar. Ens va oferir escudella i carn d'olla. He de dir que no sé si va ser per la gana que tenia, ja que era força tard, o pel que fos, però no recordo haver menjat res millor durant tota la meva estada a Barcelona, i això que en Januskoff és un gran cuiner i a vegades en feia, d'escudella i carn d'olla, que és un plat típic català que consisteix en un caldo amb arròs i fideus (l'escudella) i a darrere una plata de trossos de carn variada, gallina, porc, xai, que han bullit molta estona a foc lent. Després hi ha una altra plata amb pastanaga, api, cigrons i patates i una cosa molt especial anomenada «pilota», que és com una botifarra molt gruixuda feta d'una pasta a base de pa ratllat, all, julivert, ou i carn picada. El fet que hagi bullit tot junt li dóna un sabor fort i especial que m'encanta. A Londres és del tot impossible menjar-ne. Amb la gana que passa la gent a Barcelona, a pagès és diferent, vaig pensar.

La Pepita ens va dir que si volíem la documentació que la seguíssim. Vam baixar cap la planta baixa i ens va assenyalar la cort de porcs, on hi havia una enorme truja alletant una dotzena de garrins. «Aquí no se'ls va ni acudir de registrar-ho», va dir somrient. Va gratar un mica amb un pal el terra de la cort i no va trigar gaire a aparèixer una mena de bossa de plàstic coberta de fang i excrements dels porcs. La va netejar al safareig i de dintre en va extreure una carpeta blava de cartró. L'hi va donar a la Margarida, que va agafar els papers que contenia la carpeta per guardar-se'ls a la bossa de mà que portava. «Mentre quedin persones com vosaltres, encara no està tot perdut», vaig dir en veu alta.

Vam marxar sense esperar que tornés l'Esteve. No podíem arriscar-nos. Era fàcil que algun veí hagués vist entrar dues persones forasteres a casa d'un roig reconegut. Vam caminar en direcció a l'estació de tren, que quedava a la part alta de la població, cap al nord. La Margarida em va fer passar per carrerons secundaris, per por que algú la reconegués, sobretot arran del míting que havien fet poc abans de la guerra. Amb el fred que feia no es veia gaire gent pel carrer. Vam travessar un pont sobre un riu gairebé glaçat i vam pujar per un passeig en el qual hi havia unes escales de pedra que s'alternaven amb trossos plans, per salvar el desnivell considerable que hi havia fins l'estació. Quan arribàvem a l'últim tram de les escales, vam veure que just al final hi havia apostada una parella de la Guàrdia Civil amb un gos llop, que ens miraven fixament. Ho vam entendre, un veí ens devia haver delatat.

La nostra primera reacció va ser arrancar a córrer en sentit contrari, però vam pensar que encara seria pitjor. Vam contenir la respiració i vam continuar pujant com si res. Si trobàvem els papers, estàvem llestos. Quan vam pujar el darrer esglaó, el gos va començar a bordar, i un del dos guàrdies, el caporal, ens va demanar la documentació de mala manera. Quan estàvem traient els nostres carnets, vam veure com un Stromber negre matrícula B-666, com els que porten les personalitats del nou règim, s'aprovava a tota pastilla. Va envair la vorera i va frenar en sec just a un pam dels dos agents, que ràpidament van treure les armes. El gos lladrava com si s'hagués tornat boig. Va baixar-ne un home ben plantat i ben vestit, que els va ensenyar un document que semblava oficial. De forma automàtica, com un sol home, es van quadrar i, després, sense dir res, van obrir una porta del darrere perquè nosaltres entréssim al vehicle, cosa que vam fer no sense una gran inquietud. Qui devia ser aquell individu? On ens portaria?

Un cop dins, l'home es va acomiadar dels agents, que el van saludar amb la mateixa pompositat que si es tractés d'en Franco mateix. Va estar conduint sense dir res durant uns deu minuts i nosaltres no ens atrevíem a obrir la boca. De cop i volta es mig gira i diu: «Com que l'escudella de la Pepita és millor que la meva, eh? Ja t'ho trobaràs a partir d'ara, ha, ha!».

Capítol 16

18 DE FEBRER
El periodista uniformat

VAIG PASSAR LA resta de la setmana escrivint un parell d'articles més: *Viudes nacionals, prebendes especials,* sobre la preferència per les viudes *nacionals* en la concessió d'estancs, loteries, gasolineres, porteries, parades de mercat i quioscos de diaris; i un altre de sentit totalment contrari: *Les dones talp,* que explicava l'odissea de les dones de republicans que amagavean el marit o el germà a casa per por a represàlies.

La Margarida estava molt pansida. Tot i la fermesa demostrada, tenia l'ànim força decaigut. No vaig voler ficar-m'hi perquè mentre en Moisès estigués pres no m'hi sentia legitimat. Volia competir en igualtat de condicions, sense avantatges. D'altra banda, no em deia res de lliurar-li els articles. Potser s'havia avortat el pla de fer el llibre?

El divendres vaig trucar a la Caritat. Confirmat, l'endemà, malgrat la previsió de mal temps, hi hauria regata.

Vaig quedar amb ella a les escalinates de l'edifici central de Correus, molt a tocar del moll. Estava, com sempre, riallera. Veure-la et feia pensar que el bon humor no ha de ser incompatible amb les desgràcies. Què fàcil semblava en la seva persona i quant amb costava a mi! Tot va bé, riem. Les coses es torcen, mal humor, mala cara, mals pensaments. Massa mecànic, previsible.

Ens podem enriure de la vida, més enllà que ella se'n foti de nosaltres! Em va explicar que el cònsol havia convocat tot un seguit de gent diversa per gaudir d'un dia de mar. Li havia dit que ella i jo érem parents llunyans i que els meus pares havien emigrat a Mèxic abans d'haver nascut jo. «¡Hija de la gran chingada!», la sabia llarga. Vaig posar-me el dit sota el nas simulant un bigoti i vaig dir: «¡Ándale, viva Zapata!». Va riure, em va agafar del braç i vam començar a caminar. Mentrestant, com aquell que no vol la cosa, em va preguntar com estava el meu cor. Li vaig dir que al bany maria, calent però sense tocar l'escalfor. Em va riure la gràcia.

Al voltant del balandre *Tempesta* s'hi veia molta get. Els convidats xerraven entre ells molt animadament i sorollosament. La Caritat va fer una entrada triomfal, ja que va relliscar amb el terra humit a causa del plugim i va caure ben llarga. Va faltar temps perquè una munió de mans masculines l'ajudessin a posar-se dreta. Ella els ho va agrair amb un somriure de compromís. Em va dir a cau d'orella que el cònsol, Rolf Jaeger, es pensava que perquè Barcelona era al Mediterrani sempre hi havia de fer bon temps. Després me'l va presentar, juntament amb la seva dona i la resta de persones del consolat, inclosa la seva cap, a qui ja havia vist el dia que ens vam conèixer. No em va mirar gaire bé. Li havia parlat de mi? De quina manera? Les complicitats femenines sempre són de témer.

La resta de convidats eren, no cal dir-ho, afectíssims al nou règim. Hi havia el milloret de cada casa: un requetè enravenat i manco; un capellà clenxinat; un fabricant ressuscitat; un militar malgirbat, un periodista il·luminat... Alguns anaven sols i altres acompanyats. Els vaig anar donant la mà amb un somriure forçat, tot pensant que si em descobrien ja hem podia anar preparant. Eren en total unes 15 persones disposades a fer la rosca al cònsol de l'Alemanya imparable.

La mar estava força moguda, bufava un migjorn força fort. Malgrat tot, els dos mariners que s'havien d'encarregar de la *travessa* van engegar el motor i van fer que els passatgers pugessin a bord. El balandre devia tenir uns 15 metres d'eslora, un pal força alt i una aparença que hauria pogut inspirar molta confiança si el temps hagués estat un altre.

Vam enfilar cap a la bocana del port, on suraven tot tipus d'objectes i les aigües estaven brutíssimes de petroli, per després prendre rumb nord —calia tenir el vent de popa—, tot i que mentre el vent no amainés no hi havia la més mínima possibilitat d'estendre cap vela. La preocupació i la incertesa s'havien instal·lat a les cares dels convidats. Però el cònsol fatxenda reia a tort i a dret com si volgués dir: Mediterrani, ja veus quina por! Les tempestes que m'he hagut d'empassar davant les costes del mar del Nord! Però la seva actitud no encomanava cap seguretat. Qui més qui menys, sabíem que abans de venir a Barcelona era un oficinista gris a Munic catapultat gràcies a la fe cega en el Führer. I a Munic, un riuet i gràcies. Vaig parlar amb els mariners i els vaig advertir que aviat començaria el festival de vomitades. Em van dir que prou que ho sabien, que ja n'havien advertit el cònsol, però que era tossut com una mula. El matí prometia.

La primera a obrir el foc va ser precisament la dona del cònsol —una donassa grossa, molt grossa, que en feia dos com el seu home, més aviat esprimatxat—, que, marejada com una sopa, va treure tot el que duia a dins i el que no hi duia. El marit li cridava en alemany força coses. No calia traducció: quedava clar que li estava retraient que els fes quedar malament i que li esgarrés la festa. La pobra alemanya ni se l'escoltava, només tenia feina a tapar-se la boca com podia. La cap de la Caritat es va encarar amb l'home, que va deixar de cridar de mala gana. La Caritat em va dir a cau d'orella que es deia que eren amants. Ja a mar obert, el balanceig va anar en augment, al mateix ritme de les onades. Els mariners, aferrats al timó, feien mans i mànigues per mantenir el rumb paral·lel a la costa. En cap moment ni els va passar pel cap estendre les veles. Els marejos i les vomitades s'escampaven com un virus maligne. En un racó mig amagat vaig veure l'amfitrió ajupit amb uns espasmes considerables. La cara rogenca que lluïa de bon matí havia donat pas a una figura de cera. Els ulls esbatanats, fora d'òrbita, darrere les ulleres, li robaven qualsevol dignitat. La Caritat, el periodista, que ja havia arribat amb cara de cera i no li havia canviat, i jo mateix érem els únics de la colla d'unes 15 persones que aguantàvem el xàfec. I no només en sentit figurat, ja que el plugim inicial havia esdevingut quasi una tempesta. Nosaltres tres portàvem uns bons impermeables. La resta es va refugiar a l'interior de la cabina, però tots alhora gairebé no hi cabien.

Els mariners van decidir tirar pel dret i van acostar-se a la costa per atracar. Però on? No hi havia cap port a la vista i tornar enrere a contravent era poc menys que un suïcidi. Vam divisar una espècie de plataforma de fusta que es recolzava sobre pilastrons i que es ficava força metres endins, perpendicular a la costa. La perícia dels mariners va fer que poguéssim atracar just davant d'una escala que hi havia en un lateral de l'estructura. Els passatgers van anar sortint de la cabina, i amb penes i treballs van anar saltant cap a l'escala, no sense algun ensurt per culpa d'onades traïdores que feien perillar l'operació. Quan li va tocar el torn a la dona del cònsol, va passar el que ja s'intuïa feia estona que li passaria a algú: va relliscar en posar el peu damunt l'esglaó i va caure a l'aigua. El cònsol i jo mateix, que estàvem darrere seu empenyent-la, vam anar per terra del vaixell a causa de l'impuls. Damunt, a part de nosaltres dos, només hi quedava el periodista i els mariners, que prou feina tenien a mantenir l'embarcació dreta.

La dona no sabia nadar i cridava com una desesperada. El cònsol li allargava una mà que quedava curtíssima i ridícula atesa la força de les ones. Vaig treure'm l'impermeable i la jaqueta i vaig llençar-me a l'aigua. Amb quatre braçades vaig aconseguir acostar-m'hi. En veure'm em va abraçar amb tal força que ens vam enfonsar tots dos. Per uns moments em vaig veure perdut. Amb un moviment brusc vaig aconseguir alliberar-me'n i vaig col·locar-me darrere seu. La vaig agafar pel coll de la jaqueta i la vaig estirar cap a la superfície. Només de treure el cap, amb els ulls fora d'òrbita, em va tornar a abraçar i ens vam tornar a enfonsar, però aquest cop no hi havia manera d'escapolir-me'n, m'agafava tan fort que no em podia ni moure. Estava atrapat entre dos braços enormes que semblaven d'acer. De sobte vaig notar com unes mans ens empenyien a tots dos cap amunt. Vam emergir just quan els pulmons m'estaven a punt d'esclatar. Un dels mariners, que s'havia llançat a l'aigua, ens anava dirigint amb una força sorprenent cap a l'escala. S'impulsava amb els peus mentre amb les mans ens anava empenyent. En acostar-nos prou va fer que la dona s'hi agafés. La resta va ser més fàcil. Entre els de fora que estiraven i nosaltres dos que empentàvem des de baix vam aconseguir que arribés a dalt de la plataforma, on ja hi havia el seu marit.

La vam estirar damunt la fusta i la Caritat li va començar a fer la respiració boca a boca. La dona s'havia empassat força aigua i estava mig inconscient. De mica en mica es va anar retornant i el primer que va fer va ser buscar-me amb la mirada. Jo ja m'havia recuperat i estava dret mirant el mariner, que havia tornat al vaixell com si no hagués fet res. La dona, només de veure'm es va alçar amb molta dificultat, amb l'ajuda d'un quants i em va venir a abraçar i fer-me petons, i amb un espanyol esperpèntic anava repetint: «*Mío salvátor, mío salvátor...*», mentre el capellà anava fent el senyal de la creu tot mirant al cel.

El cònsol ens guitava d'una manera que, si més no, em va semblar sospitosa. Per què no s'havia llançat ell? A continuació tots i cadascun dels presents em van anar felicitant, amb més o menys entusiasme. Va ser el requetè qui més es va desfer en elogis cap a la meva persona: que si el meu valor era digne de la nova Espanya, que si volia quedar-me a servir en Franco només havia de dir-ho, que ell hauria fet el mateix si no li faltés un braç, etcètera, etcètera. Per a aquella gentota, el mariner, classe de tropa, no existia, quan va ser ell el veritable heroi de la pel·lícula. De pena.

Després, tot, el grup, amb l'excepció dels mariners, que es van quedar al vaixell, ens vam dirigir sota la pluja cap a una mena de caseta de fusta que hi havia a pocs metres de l'inici de la plataforma. Eren les oficines d'una mina propera. La porta estava tancada amb un cadenat, que el requetè es va apressar a fer saltar amb un parell de trets de pistola. A dintre hi havia una única estança amb un parell de taules d'escriptori, mitja dotzena de cadires i una estufa. A les parets hi havien penjades algunes fotos emmarcades de paisatges diversos. Damunt d'una de les taules hi havia un telèfon. El militar, capità d'infanteria, va marcar un número i va donar ordres perquè vehicles de l'exèrcit ens vinguessin a buscar. Per situar-los va dir-los que érem a prop de Badalona, que és una ciutat industrial propera a Barcelona. L'odissea semblava que, malgrat tot, acabaria bé.

Les dones es va asseure a les cadires. La donassa del cònsol estava, igual que jo, xopa de dalt a baix, però malgrat això no tremolava gens ni mica, semblava com si tot el greix acumulat durant anys la preservés del fred i la humitat. El fabricant es va posar a encendre l'estufa i jo vaig tenir sort que al respatller d'una cadira hi havia una camisa i uns pantalons secs —que devien ser d'algun empleat—, i em vaig poder canviar mig tapat en un racó, perquè jo si que tremolava com una fulla. El capellà passava el rosari al costat d'una finestra, i el cònsol, el capità i el requetè xerraven vés a saber de què.

El periodista se'm va atansar amb un paquet de cigarretes a la mà i em va convidar. Va encetar la conversa amb els quatre formulismes gastats que serveixen per a aquestes ocasions, però semblava interessat en continuar xerrant. Devia tenir dos o tres anys més que jo. Era baixet i força escanyolit, amb una cara esblanqueïda i presidida per l'inevitable bigotet que tant sembla agradar als feixistes. El cabell negre i llis li donava un cert aire aventurer. La mirada plena de murrieria feia endevinar una personalitat acusada, d'aquells homes que ja de ben joves saben on volen arribar.

Amb veu modulada i aires de suficiència, va dir:

—Hem triat el millor ofici del món, no et sembla, Jorge?

Allò de «Jorge» em va sonar fatal, però vaig dissimular. La Caritat me l'havia presentat com a Carlos Sintés, i m'havia comentat que va entrar a Barcelona amb les tropes franquistes de bracet del requetè.

—A vegades ho penso, Carlos, però altres cops m'estimaria més ser miner per no haver de veure segons quines coses. Només carbó, pols i res més.

—T'entenc molt bé. Ja sé de què parles. Segons m'han dit vas arribar quan encara manaven els rojos. Quina infàmia tan gran! —després de dir això es va inflar com un gall, gairebé es va posar de puntetes per semblar més alt i va continuar—: Fa uns dies vaig publicar un article a *La Vanguardia* on els deixava arreglats, als capitostos rojos. Els titllava de banda de gàngsters al servei de Moscou —Va fer un gest amb la mà com volent dir adéu—. La seva fugida cap a França ha significat la fi de la Catalunya republicana. Per fi s'ha acabat el malson de la Generalitat!

—On eres durant la guerra? —vaig preguntar-li.

—Vaig marxar de seguida cap a Itàlia perquè no podia suportar la barbàrie republicana. Després vaig rondar una mica per tot arreu, sempre al costat franquista. Darrerament m'estava a Biarritz espiant per a en Franco.

No podia suportar la barbàrie! I la barbàrie d'ara sí, que la suporta? Aleshores hi havia guerra i el desgavell que comporta possibilita accions criminals de tota mena. Ara, un cop acabada la confrontació, els guanyadors es dediquen a exterminar de forma planificada, estudiada, els *enemics* de la pàtria. No havia vomitat durant la travessa i estava a punt de fer-ho llavors, però em vaig sobreposar. No sabia quin devia ser el pla d'en Met per alliberar en Moisès, però jo n'acabava de pensar un.

—Molt interessant —vaig dir amb un to d'admiració—, segur que en Franco sabrà recompensar-te com et mereixes.

—Això espero! Tinc molts plans, amic meu. I pensa que si tu vols també tindràs feina, i bona. Saps que la majoria de periodistes catalans han fugit? Als diaris no tenen gent. Rumia-t'ho!

—No em desagradaria, no —vaig mentir—. Per cert, m'interessaria fer una entrevista a algun oficial republicà que hagués participat en la batalla de l'Ebre. Voldria que algú m'expliqués de primera mà com van patir els atacs dels nacionals, per deixar ben palesa la superioritat tàctica i estratègica d'en Franco. Seria una gran entrevista per publicar a mig món. El geni militar del Caudillo s'ho mereix. Tinc entès que al camp d'Horta ni ha uns quants.

—Però vols dir que voldran parlar?

—I tant que sí. Pensa que ni que sigui per culpar els altres —els seus comandaments, els polítics—, els encantarà fer-ho. Els comunistes són així.

—Doncs no pateixis, t'ho puc solucionar amb un parell de trucades —va dir fent-se l'important.

Dimarts ens veurem i te'n diré alguna cosa.

Acabava de mossegar l'ham ben mossegat, el mamarratxo mitja merda. Gràcies a un periodista *uniformat* potser en Moisès es podria escapar. Però dimarts? No vaig dir res, per si de cas.

La conversa havia durat una bona estona i al cap de poc d'haver-la acabat ja vam sentir soroll de motors que s'acostaven. Cinc vehicles militars ens van tornar a Barcelona. La donassa va pujar al primer, i abans d'arrancar va traure el cap per la finestra i em va cridar ben fort: «*Mío salvátor, danke sehr!*».

El cònsol, al seu costat, em va mirar de cua d'ull.

En acomiadar-me de la Caritat li vaig dir que necessitava al més aviat possible dos salconduits per passar la frontera francesa per a la Margarida i el seu home. Jo amb el passaport ja en tindria prou.

Capítol 17

19 i 20 DE FEBRER
El pla diabòlic

EL MATÍ DE l'endemà d'aquella ensulsiada marinera vaig passar-me'l al llit amb un refredat important. Per sort, en Januskoff em va fer prendre unes infusions ben calentes que van fer miracles. En Cruma em va fer companyia tota l'estona estirat als peus del llit. Em vaig aixecar per dinar, amb en Met i la Margarida, gairebé recuperat del tot. Durant l'àpat els vaig explicar les peripècies de la sortida amb balandre. Havent dinat els vaig demanar que m'escoltessin amb atenció. Volia explicar-los el meu pla per alliberar en Moisès, que em semblava genial: gràcies al contacte que em facilitaria el mitja merda de periodista faria veure que li feia una entrevista, me l'emportaria en un lloc privat per estar més tranquils, li donaria la meva roba i la meva documentació i faria que sortís fent-se passar per mi. «Què us sembla?», gairebé vaig cridar, eufòric. A mi em trobarien mig estabornit: el pres m'hauria atonyinat de valent.

—Bravo! Bravo! —va exclamar en Met.

—Vols dir que pot sortir bé? —va dir la Margarida, més prudent.

—Només un petit detall que t'ha passat per alt —va deixar anar en Met—, els militars són dropos però no tant com et penses. Encara que en Moisès tingui la mateixa edat que tu i una estatura semblant, marxant tot sol despertaria tota classe de sospites i no tindria temps d'arribar a la porta de sortida que ja t'haurien trobat. I després, en cas que et creguessin, se les carregaria de valent… atonyinar tot un heroi salvador de la dóna d'un cònsol, ha, ha.

Em vaig tornar vermell de vergonya. Com sempre, m'havia precipitat. En Met se'n va adonar i va voler arreglar-ho.

—Amic meu, el teu impuls és com la lava del volcà en erupció, com l'aigua que rebenta el dic de contenció, com el llamp que esparraca el cel, i cal dirigir-lo perquè no s'esbravi inútilment —Es va tocar la barba i es va quedar meditant un moment com si pensés un pla que, de ben segur, havia pensat feia segles. Devia ser un pla diabòlic, sens dubte. Va continuar—: Deixa-ho a les meves mans. Tu truca al mitja merda avui mateix i demana-li que et prepari l'entrevista per demà, però no diguis cap nom, que si no sospitaria. Li dius que t'acompanyarà un fotògraf amic teu.

Un fotògraf amic meu? Què s'empatollava. Sabia que el iugoslau se n'havia anat a cobrir el setge franquista a Madrid. El pagaven per documentar la guerra i no la *pau*. Però no vaig dir res perquè seguríssim que l'endemà em trobaria amb un fotògraf esperant-me amb la Leika a punt. No m'estranyaria que m'esperés fins i tot en Robert Capa mateix.

Vaig agafar el telèfon, vaig marcar el número de *La Vanguardia* i vaig estar a punt de demanar pel mitja merda: «Que hi ha el mit..., perdó vull dir en Carlos Sintés?». Al cap de poc vaig sentir la seva veu suau i melodiosa.

—Hola Jorge, com estàs? Avui he explicat a tot el diari la teva gesta, tenen ganes de coneixe't. Per cert, ens ha arribat un teletip que diu que el teu govern (es referia al govern Mexicà) ha demanat a tots els agregats militars de l'ambaixada que encara queden a l'Espanya soviètica que tornin cap a casa. Saps què vol dir això? Que queda poc per a la victòria definitiva. Ja t'has pensat si vols treballar amb nosaltres? —Continuava amb la seva xerrera imparable.

—Bé, encara no, però no ho descarto del tot. Per cert, em podries mirar allò del camp d'Horta? M'agradaria anar-hi demà. Vull aprofitar que per aquí hi ha un amic meu fotògraf que se'n va demà passat.

—Demà passat, se'n va? Però què dius, home, si demà passat és el gran dia. Que no ho sap?

Vaig fer-me el despistat, per no vessar-la.

—Sí, sí, és clar, però ell ha de ser a la frontera sens falta. Els francesos han expulsat un alt responsable militar roig i li ha de fer unes fotos per a no sé quin diari.

L'excusa no era cap meravella, però va servir.

—D'acord, ara truco al camp. Torna'm a trucar d'aquí una estoneta i te'n dic alguna cosa —Va fer una pausa i va dir, com si li anés la vida—: Però dimarts a tu et vull veure a primera fila.

—Ja hi pots comptar! —Encara no sabia de què m'estava parlant, però segur que no seria res agradable.

Vaig fer una mica de temps. Vaig asseure'm en una butaca del menjador. Vaig pensar en la Margarida. Se l'estimava, encara, en Moisès? Com a parella, vull dir. I si m'estava equivocant? Abans que el tornés a veure havia de parlar amb ella. Li havia de deixar clar que l'estimava més que ningú, que volia que fos la meva dona per sempre més. En l'amor no hi poden haver càrrecs de consciència. Volia alliberar en Moisès perquè la

Margarida se sentís lliure per triar, però volia que em triés a mi. Faria que em tries a mi! Amb l'ajut d'en Met o sense!

Vaig tornar a trucar al mitja merda. Em va dir que ja ho tenia tot arreglat, que preguntés pel capità Bermúdez, que ens deixaria fer la feina sense problemes i que dimarts m'esperava a les onze al Palau Robert, un edifici de dalt de tot del passeig de Gràcia on havien instal·lats els serveis centrals de l'ocupació franquista.

Aviat es faria fosc. Notava dins meu com tot s'estava precipitant. Semblava que els fets seguissin un guió establert feia molt. La Margarida va venir a veure'm per interessar-se per la trucada. En Met i en Januskoff havien sortit. Ens vam asseure al menjador i vam estar una bona estona fent-la petar amb l'única companyia d'en Cruma i la Sephiroth. Per primer cop des del dia que vam sortir plegats notava que tornava a gaudir de la meva companyia.

Primer vam parlar una mica de tot i de res, però de mica en mica la conversa va anar lliscant cap a terres movedisses.

—Jo cada dia tinc més dubtes sobre l'amor, i demà... en Moisès.

—Per què t'hi vas casar?

—Als vint anys, si algú t'ho demana, aquest algú t'agrada, i tens ganes d'aixecar el vol del niu, no queden gaires arguments en contra. No me'n penedeixo gens, però ara ja és una altra cosa. En Moisès m'estima molt, ho sé. I la política, que ens havia separat, ens tornaria a unir. Tots hem d'anar junts contra en Franco —va fer una pausa i va arquejar les celles—. Però el temps que he passat sola ha fet que em replantegés moltes coses. Sola estic bé, molt bé. L'absència de parella em dóna una tranquil·litat d'esperit que em fa millor, em fa sentir més segura. Em sento alliberada d'unes cadenes invisibles que sense jo adonar-me'n no em deixaven ser feliç —es va aixecar i va fer un gest de desesperació—, però en canvi estic boja per ser mare! Ho pots entendre?

La veritat és que em vaig quedar sense saber gaire què dir. De veure una dona amb el dilema de si l'un o l'altre, de sobte vaig veure algú que pensava que ni l'un ni l'altre, ni tan sols cap més, però que volia un fill. Estava desconcertat, m'havia passat els dies somniant que, un cop alliberat en Moisès, la duia a sopar a un bon restaurant, bevíem un bon vi, li començava a parlar de Londres, l'engrescava i finalment li demanava que m'acompanyés per quedar-se amb mi per sempre. Li regalava l'anell que tant li agradava i ella em deia que sí sense pensar-s'ho.

I ara, què?

Abans que tornés a obrir la boca es va aixecar, em va estirar de la mà i va fer que la seguis a la seva habitació. En Cruma ens va acompanyar fins a la porta i va intentar entrar, inútilment, durant una bona estona. Puc afirmar sense cap mena de dubte que mai abans havia fet l'amor amb aquella intensitat i passió. L'episodi de la dona del bar de feia uns dies va quedar en no-res. Era com comparar una ventada amb un vendaval, o més encara, amb un tifó. No vam parar en tota la nit i vaig perdre el compte dels cops que van arribar plegats a l'orgasme... sis, set, deu, no ho sé.

L'endemà, després d'esmorzar em vaig trobar amb una sorpresa esperada: en Januskoff vestit de fotògraf em somreia amb la Leika a punt. La fila que feia era per llogar-hi cadires: gavardina fins a sota genolls, gorra de quadres i un gran bigoti postís que li tapava mitja cara. Quan vam sortir al carrer es va posar unes ulleres fosques. Vam agafar un taxi que ens va portar al camp d'Horta. Durant el trajecte em va explicar el pla diabòlic, en anglès, és clar. El taxista no n'havia de fer res.

El capità Bermúdez ens esperava. Era un home de mitjana edat, rodanxó i amb una cara vermella de carnisser de barri. No semblava mala persona. Després de les primeres formalitats, ens va acompanyar al pati, on hi havia els reclusos passant l'estona i fumant. Ens va assenyalar un grup que estava format pels soldats que havien participat en la batalla de l'Ebre. Com si ens hagués llegit el pensament, el capità, fent-se el pinxo ens va dir que triéssim nosaltres mateixos la *víctima*, d'un grupet que ens havia preseleccionat, format suposadament per caps i oficials. Sóc bon fisonomista i la foto que m'havia ensenyat la Margarida del seu home va fer la seva feina. Tot i que força més prim, el vaig reconèixer bastant de pressa, ja que per la seva alçada destacava força. El capità va quedar força sorprès del nostre *bon ull*. Havíem triat tot un comandant.

Li vam demanar que ens facilités una habitació on poder estar a soles amb ell, per així poder *treure-li* més coses. Hi va accedir, però va dir-nos que posaria dos soldats fent guàrdia a la porta per a la nostra seguretat.

En Moisès semblava no ensumar-se res. Un cop dins la cambra vam fer una estona de comèdia, jo fent-li preguntes i el servent fent-li fotos a tort i dret. Quan ja havia passat mitja hora llarga li vaig dir si li agradaria veure la seva dona aquell dia mateix fora d'allà (reconec que atès el que havia passat la nit anterior, podia haver fet una altrae mena de pregunta, però em va sortir així). La sorpresa va ser nostra en veure que no se n'estranyava gens, de la proposta. Li vam dir la veritat i va dir-nos que no se l'havia empassat, la nostra comèdia. Que les preguntes que jo li feia eren de riure, i que dubtava que a la màquina de fotos hi hagués carret, atesa la lleugeresa demostrada pel fotògraf a l'hora d'enfocar i enquadrar. Vam riure tots tres una bona estona, tot procurant no alertar els guardians.

El pla de fuga era força senzill. En Januskoff li deixaria la seva indumentària —bigoti postís inclòs— i es faria passar pel fotògraf, i tot d'una el servent esdevindria el presoner Moisès. Dit i fet. En Moisès es va abillar amb la gavardina, la gorra, els pantalons i les sabates del fotògraf de pega i en Januskoff es va transformar en un aclucar d'ulls en el doble del comandant. Vam obrir la porta i vam dir als soldats que ja havíem acabat la feina. Van anar a buscar el capità i al cap de poc tots dos ja érem dalt d'un jeep militar de camí cap a casa. El mitja merda tenia més influència que no em pensava, però potser després que aquella nit en el recompte trobessin a faltar en Moisès —per descomptat que en Januskof es faria fonedís ràpidament—, el seu crèdit es posaria en entredit.

En arribar a la pensió la Margarida ens esperava com aquell que diu a peu d'escala. La porta estava mig oberta, i ella, només de sentir les nostres passes va sortir com un coet. Es van abraçar amb una força inusitada. Els vaig deixar fer mentre acariciava en Cruma, que m'havia vingut a rebre. I la Sephiroth? El gat tenia restes de plomes entre les dents i roncava de satisfacció. Vaig entrar cap al menjador amb el cor encongit. Ningú enlloc. Hi havia un paper doblegat damunt la taula, al costat d'unes claus. Era d'en Met:

Benvolgut i estimat amic:
Em sap greu no poder-me acomiadar com et mereixes, però creu-me, és millor així.
Bé, diuen que el qui té un amic veritable té dues ànimes. Recorda que jo tinc la teva, però estigués tranquil, perquè ni a tu ni a mi ja no ens fa cap falta. Has complert amb escreix el pacte, i pel que fa a la meva part, et puc assegurar que la Margarida t'estima, però la resta ja no depèn de mi. Entorna-te'n cap a Londres, publica els articles en un llibre i continua escrivint sense parar; aprofita aquest do, amb perdó, diví que tens i aquesta inquietud endimoniada que et rosega. Recorda que les paraules menen al coneixement i que el secret està a perseverar. No deixis que res ni ningú t'aparti del camí que tan encertadament has escollit.
No t'enfadis amb en Cruma, la Sephiroth ja era força vella i els esforços de tots aquest dies l'havien deixat esgotada. Les ales li pesaven

més del compte i el gat se n'ha aprofitat. Però no pateixis, la Sephiroth renaixerà aviat com l'au Fènix amb un bell i renovat plomatge. Pel que fa a en Januskoff, diu que el perdonis si va trigar massa a llençar-se a l'aigua el dia de la sortida amb el vaixell del cònsol, però és una mica fredolic. Les claus que trobaràs són de l'embarcació. Fugiu tots tres cap a França demà al matí mateix sens falta, ja que se celebra la desfilada de la victòria amb l'assistència d'en Franco i ningú no se la voldrà perdre, i això vol dir que a la resta de la ciutat la vigilància serà escassa.

Bé, amic meu, ha estat un plaer gaudir de la teva col·laboració i també de la de la Margarida en l'anticroada franquista, que de ben segur serà molt útil per remoure consciències i per desvetllar voluntats.

El teu amic que ho serà eternament,

Met

Postil·la 1: Com deus haver vist, no m'he volgut ficar en el teu dilema sobre els articles en espanyol. Fes el que la teva consciència et dicti. A mi, que corri o no per Espanya un llibre mal girbat i que llegiran quatre gats, si abans no el requisen, no em treu la son.

Postil·la 2: En Janus t'ha deixat un parell de flascons plens al rebost perquè te'n continuïs posant dues gotes cada matí, com feia ell, al te o al cafè, per foragitar «allò» per sempre més. No te'n descuidis!

El mestre donava per acabada la seva obra a la Barcelona franquista amb l'elegància i el bon gust de sempre! Si fos creient, diria «que Déu el guiï en els seus passos», però no crec que li fes gaire gràcia.

La Margarida i en Moisès havien entrat al menjador. Els vaig comentar que l'endemà a mig matí havien de salpar amb mi cap a França. Que si es quedaven corrien perill. Els franquistes buscarien en Moisès fins a detenir-lo i al darrere hi aniria ella. La Margarida, després de rumiar-s'ho una mica, em va dir que sí, però amb la condició de lliurar els articles a una persona abans de marxar. Em va agafar una mica desprevingut, perquè m'havia imaginat que amb la presència del seu home i tot plegat ja se n'havia oblidat. Per un moments em vaig sentir desconcertat, ja que m'havia fet a la idea que els articles que tant valorava no caurien en mans indignes. Però em vaig refer ràpid i li vaig dir que no calia, que els donaria a l'amiga que ens ajudaria amb els salconduits, ja que coneixia gent del PSUC. Vaig explicar-li amb detall qui era la Caritat i la vaig convèncer. Aquella tarda mateix me n'aniria al consolat alemany a buscar els papers que li havia demanat, i així també deixaria sola la parella.

Era conscient que eren les meves darreres hores en una ciutat que, malgrat les circumstàncies, m'havia encisat, captivat. Quan hi podria tornar? Vaig pujar pel passeig de Gràcia a peu, sense presses, gaudint del paisatge urbà. Vaig veure els preparatius de la desfilada, amb les tribunes de fusta preparades per acollir els milers d'espanyols que volien retre homenatge al seu alliberador. Cridarien visques a Franco i a Espanya fins a quedar afònics. L'homenet alçaria el braç amb posat amanerat i riuria per dessota el bigoti ridícul que l'acompanya i es creuria de veritat que havia fet un bé a la humanitat sencera, que havia preservat la pàtria de la conspiració judeo-maçònica-marxista internacional, i que Espanya seria el sentinella d'occident. Per què la mateixa cosa uns la veuen blanca i altres negra? De quin color és la realitat, si és que en té, de color? Bé, en qualsevol cas, el llibre que he publicat explica una realitat tenyida de color roig sang, que tot ho amara.

Vaig arribar al consolat amb la certesa que la Caritat no m'hauria fallat. Així va ser. Vam anar a fer un cafè i em va donar els dos documents dessota mà. Li vaig explicar el pla de fugida. Vam fumar una cigarreta i em va dir que demà ens acompanyaria al vaixell, ja que tenia festa. No li caldria anar amb la seva cap a la desfilada. Resulta que la dona del cònsol estava al llit amb una pulmonia doble i el diplomàtic, per no anar-hi sol, s'emportava l'amant, és a dir, la seva superior. La dona no se li va ofegar però com a mínim el deixava lliure uns quants dies. Quan ens vam acomiadar em va semblar veure una ombra de tristor en els seus ulls, però potser només era el reflex del meus.

Volia tornar tard a la pensió, no volia interrompre res, i vaig aprofitar per anar-me acomiadant de Barcelona. Vaig baixar per la Rambla. A cada bar que trobava em prenia una copa de conyac, no em treia l'aspror del pensament, però me l'emboirava, que ja era molt.

Quan vaig passar per davant de la joieria vaig veure'l com lluïa encara a l'aparador: era l'anell que volia comprar per declarar-me a la Margarida. Calia, encara? En Met diu que m'estima, però… Vaig entrar i me'l vaig quedar. Me'l van posar en una capsa negra de nacre. Vaig continuar la passejada i les aturades alcohòliques durant una bona estona. En un tuguri de mala mort, al capdavall de tot del passeig, hi havia un home borratxo a la barra que no parava d'insultar a crits els comunistes, els catalans i qualsevol que hagués tingut a veure amb la República. Un insult darrere l'altre sense parar. Al bar només érem ell, una dona asseguda, el cambrer i jo. M'hi vaig atansar lentament i quan es va girar per mirar-me li vaig etzibar un cop de puny en tots els morros que li va fer rajar sang de seguida. Mentre es cobria la cara amb les mans li vaig clavar una cossa als testicles que el va fer recargolar per terra com un cuc. La dona es va aixecar i xisclava com una posseïda mentre mirava d'incorporar-lo. Li vaig escopir al damunt, li vaig dir que era un fill de puta i que la propera vegada el mataria, que no seria el primer feixista que em carregava. El cambrer estava espantat i no es va moure de darrere la barra. Vaig sortir i vaig agafar el primer taxi que passava, que em va dur a la pensió. Em vaig ficar al llit i el món em donava voltes, però em vaig adormir amb un somriure als llavis.

21 DE FEBRER

NOMÉS DE LLEVAR-ME em vaig adonar que l'esmorzar no era enlloc. Però no em calia buscar-hi una explicació, sabia que en Janus mai més no me'n faria cap, d'àpat. En Cruma em mirava amb els seus ulls blavíssims. Ja havia paït l'ocell i tornava a tenir gana. Ens haurem d'espavilar, vaig dir-li, però la veritat és que amb la ressaca que portava em conformava amb un te ben carregat. Me'l vaig fer i vaig obrir una llauna de sardines per a en Cruma —volia que el darrer record que tingués de mi fos agradable—; encara n'hi havia moltes i ens anirien bé per a la travessa. Al cap de poc vaig sentir sorolls. En Moisès i la Margarida van entrar a la cuina amb cara d'haver dormit poc. Els vaig servir cafè i els vaig informar que ja tenia els salconduits; i que havíem de preparar quatre coses per marxar. No havíem d'anar gaire carregats per no despertar sospites. Portaríem una bossa cadascú, l'una amb roba, l'altra amb estris d'higiene personal i la tercera amb provisions.

Els articles en anglès els vaig posar en una carpeta de la qual no pensava separar-me ni de nit ni de dia. Els altres els vaig embolicar tots junts amb paper de cel·lofana, que lliuraria a la Caritat. Si tot anava bé, el viatge fins la costa francesa no duraria més de dos dies, dependria del temps. En Moisès semblava preocupat, gairebé no aixecava la vista de la tassa de cafè. La Margarida mal dissimulava la seva tristesa.

La Caritat ens va venir a buscar cap a les deu. Li vaig presentar la parella i tot seguit li vaig passar el paquet dels articles en espanyol. El primer que es veia a través del paper era, precisament, el *Desè cercle*. Les dues dones de seguida van començar a xerrar, i semblava que s'havien caigut molt bé. Tenien coneguts comuns i, tot i els matisos, compartien ideologia. L'optimisme de la Caritat semblava transformar la Margarida. De la tristesa havia passat a somriures sincers. Vam sortir tots quatre del pis i quan anava a tancar la porta per darrera vegada, en Cruma se'm va abraonar amb les potes enlaire, tot impedint-me els moviments. Per més que el feia fora a cosses es revinclava com un dimoni i feia un bots d'un metre, com si se'm volgués menjar. Ho vaig entendre. El vaig entaforar dintre la bossa de la roba, que la portava jo. Només li sortien les orelles una mica. Vam haver de baixar a peu, ja que no funcionava cap transport públic ni passava cap taxi. Vam separar-nos per precaució en dos grups, per una banda en Moisès i jo, i per l'altra les dues dones, que caminaven de bracet.

En arribar, ens va semblar que no hi havia ningú vigilant. Vam voler assegurar-nos-en i vam romandre uns estona mig amagats en una cantonada. Vam prendre la decisió de pujar al vaixell. Vam deixar les bosses i vam engegar el motor sense dificultat. Havia arribat l'hora. La Caritat es va acomiadar, tot desitjant-nos sort. A mi em va abraçar amb força i diria que li va saltar alguna llàgrima. Li vaig prometre que tornaria, no sabia quan, però tornaria. També li vaig dir que si no podia més que vingués a Londres, que seria ben rebuda.

Va fer un saltiró de la proa cap a l'escullera del moll. Es va quedar mirant-nos, tota seriosa, amb una expressió que no se li esqueia gens. Vaig agafar el timó i vaig posar la marxa enrere. Just quan el vaixell començava a moure's, la Margarida va fer un bot i es va plantar al costat de la Caritat, que la va abraçar.

Em vaig quedar de pedra. Vaig voler a anar a parar el motor dintre la cabina, però en Moisès em va aturar amb fermesa. Vaig reaccionar i vaig treure'm la capsa de l'anell de la butxaca. Vaig tenir temps de llançar-l'hi sense que caigués a l'aigua. Vaig tornar a agafar el timó i, al cap de poc, vaig veure com les dues dones marxaven juntes per on havíem vingut.

Quan ja havíem sortit de la bocana del port em va faltar temps per fer-li la pregunta:

—Per què l'has deixat marxar?

—Perquè serà millor per a tots tres.

—Tots tres?

Tot i que quedava clar que en Moisès estava al corrent de tot, em vaig tornar vermell. No sabia ben bé què dir, així que em va sortir:

—Potser sí.

—Sí, i potser per a tots quatre i tot, vés a saber.

—Quatre?

—Està convençuda que d'aquí nou mesos serà mare.

Aquest cop sí que no vaig dir res. Però ell hi va afegir una cosa que em va deixar glaçat.

—Si té un nadó no te'n desentenguis, seràs el seu pare.

Després de la sorpresa, vaig voler aclariments.

—I per què no tu?

—Et felicito pel teu article sobre el camp d'Horta. La Margarida me'l va comentar. Recordes la màquina als testicles? A més de provocar un fort dolor, et fa perdre la virilitat. Ja m'entens.

Després em va dir que la nit anterior van estar xerrant molta estona i que la Margarida li havia dit que, tot i que ens estimava a tots dos, no volia ser la dona de cap. Que sentia com dins seu es despertava un sentiment diferent, que no sabia definir ben bé, però que no tenia res a veure amb el que havia experimentat fins ara. Que volia explorar-lo fins a descobrir de què es tractava i que pe fer-ho no podia estar amb cap home.

Teníem un bon vent a favor, així que vam parar el motor i vam desplegar la vela major. Era un quart de dotze i el sol ens feia companyia. Potser el mitja merda encara m'estava esperant al Palau Robert i el gran criminal ja devuria haver començat la seva desfilada triomfal. A bord havíem de ser tres, dos homes i una dona. Vaig tenir un pressentiment. Vaig agafar en Cruma i el vaig posar de panxa enlaire.

Efectivament, érem dos homes i una femella.

En Moisès és va quedar a París i jo vaig continuar cap a Londres. Parlava francès i de ben segur que aviat s'espavilaria i se n'acabaria sortint. Quan vaig arribar, el primer que vaig fer va ser anar a l'editorial Harvill Secker perquè em publiquessin el llibre, que va sortir al cap d'un mes i mig amb el títol de *Cròniques de postguerra, la Barcelona ocupada*. Ha causat un gran impacte i ja s'està traduint a altres llengües. Vull remarcar que l'article del *Desè cercle* va sortir amb el final que volia en Met, i no pas amb el que jo vaig lliurar. En Met era molt Met.

La traducció a l'espanyol per a Sud-amèàrica no caldrà que es faci, ja que els originals els tinc jo. En el paquet de fulls embolicats en paper de cel·lofana només hi havia escrita la primera pàgina, la resta eren fulls en blanc. Quatre gats són quatre gats.

Miquel Darnés i Cirera és enginyer i periodista. Va cobrir com a *freelance* els conflictes de Moçambic, Croàcia, Sàhara Occidental, Irlanda del Nord i Kosovo. Ha publicat a l'*Avui*, *Presència i El Temps*, entre altres. Va guanyar el Premi Actual 1992 de la Corporació Catalana de Ràdio i Televisió, amb el reportatge «Foc creuat» sobre la guerra a Croàcia. Va fer de periodista als informatius de TV3. Actualment és consultor independent i degà a Enginyers Barcelona.